POURQUOI MOI ?

Omar Raddad
avec la collaboration
de Sylvie Lotiron

POURQUOI MOI ?

Éditions du Seuil

TEXTE INTÉGRAL

ISBN 978-2-7578-2382-8
(ISBN 2-02-051689-6, 1re publication)

À Karim et Youssef, mes enfants

Préambule

Imaginez qu'un jour on sonne chez vous, on vous passe les menottes sans aucune explication, puis on vous annonce brutalement que vous êtes un assassin. C'est ce qui m'est arrivé. On m'a mis en prison. Et on a commencé à parler de l'« affaire Omar Raddad ». Cette affaire n'est pourtant pas la mienne, mais celle d'une justice mal faite. Elle n'aurait dû me concerner en rien. Mais il a bien fallu que je me batte. Et jamais je n'aurais trouvé la force de continuer à le faire durant ces longues années, si cela n'avait pas été pour ma famille. Mes enfants, Karim et Youssef. Ma mère qui a tant pleuré pour moi qu'elle en est tombée malade. Mon père qui a toujours été à mes côtés. Ma femme, Latifa, à qui il a fallu trouver le courage d'élever nos enfants seule. Mon pays, le Maroc, et Leurs Majestés les rois, Hassan II puis son fils Mohamed VI, qui m'ont soutenu. Mes codétenus à qui j'ai promis, avant de quitter la prison, de ne jamais cesser mon combat pour ma réhabilitation. Et pour la victime, aussi, Mme Marchal, qui était pour moi comme une seconde mère, et dont l'âme ne pourra trouver la paix aussi longtemps que son assassin restera impuni.

Avant d'être moi-même condamné à tort, je n'imaginais pas une seconde que la justice puisse se tromper. Il est donc de mon devoir de témoigner aujourd'hui que l'erreur judiciaire existe en France, afin que les détenus victimes d'erreurs judiciaires, dont l'affaire n'a pas été médiatisée comme la mienne, aient peut-être une chance d'être entendus. Je sais en effet combien il est difficile de faire reconnaître ses droits lorsqu'on est en prison. Plus encore que l'injustice, c'est ma solitude et mon impuissance face aux juges qui me tuaient. Aucun d'eux n'a jamais accepté de m'entendre.

Les épreuves que j'ai traversées ont fait de moi un homme blessé, vieux avant l'âge. Et lorsque je regarde mon visage dans un miroir aujourd'hui, je vois celui d'un homme détruit par ces longues années de cauchemar.

La phrase qui m'a condamné :
OMAR M'A TUER

Les gendarmes m'ont attaché à un crochet fixé au mur, et ils m'ont brutalement posé cette question : « Pourquoi tu as tué Mme Marchal ? »

Comme ils voyaient que je ne comprenais pas, ils m'ont montré une photo d'elle couverte de sang. C'est de cette façon horrible que j'ai appris sa mort. Alors que je détournais les yeux, ils m'ont ensuite obligé à regarder une autre photo : celle de la porte de la cave sur laquelle était écrite avec du sang la phrase : « OMAR M'A TUER ». Je n'y ai reconnu qu'un mot, « Omar », parce que c'est le seul que je sache écrire. C'est alors seulement que j'ai compris qu'on m'accusait d'avoir tué Mme Marchal, parce que cette phrase me désignait pour une raison que j'ignore encore aujourd'hui. Cette phrase m'a hélas rendu célèbre, au-delà des frontières de la France. Une célébrité dont je me serais bien passé, et dont je n'ai pris conscience qu'à ma sortie de prison. Les gens me reconnaissent dans la rue, dans le train, et me parlent comme si j'étais un proche. « Alors, Omar, comment ça va ? » « Tu habites à Marseille ? » « Ça avance ton affaire ? » Certains me demandent même des autographes, comme si j'étais une star ! Depuis ce jour-là, j'ai compris que rien ne serait plus comme avant. Impossible désormais de prendre un train, faire des courses ou simplement sortir dans la rue sans que les gens me parlent comme à un homme public. Et si je comprends l'exaspération de ma femme Latifa qui aimerait qu'on nous laisse tranquilles, je lui rappelle que toutes ces marques de sympathie viennent de ces mêmes personnes qui m'ont soutenu. J'essaie donc toujours d'y répondre par un petit mot gentil ou un sourire. Même lorsque je suis triste ou que je n'ai pas envie de parler (une fois seulement, il m'est arrivé de ne pas le faire).

J'aimerais pourtant pouvoir un jour redevenir l'homme que j'étais, un homme ordinaire, simple, né pour rester dans l'ombre et non pour voir son visage et son nom étalés à la une des journaux. Les gens n'ont retenu que mon prénom, j'ai aussi un nom : je m'appelle Omar Raddad. Je suis né dans le Rif, au Maroc.

Mon enfance

Je suis le deuxième d'une famille de six enfants : Mohamed est l'aîné. Viennent ensuite Fatima, Ahmed, Malika et Sarida. Je suis né le 1er juillet 1962 à Beni Oulichek Bentayb, à trois kilomètres de Talouine, près de Nador, au Maroc, dans une région de montagnes arides. Une seule piste mène depuis Talouine à ce hameau isolé où, encore aujourd'hui, peu de touristes s'aventurent. Il n'y avait à l'époque ni eau ni électricité, et le hameau, qui s'est un peu agrandi depuis, ne comptait que cinq maisons. Il fallait se contenter de peu pour vivre, mais nous n'étions pas malheureux pour autant. Afin d'améliorer l'ordinaire, une ou deux personnes dans chaque famille quittaient pourtant le pays pour aller travailler en France ou dans un pays européen. Ce fut le cas de mon père qui venait juste d'obtenir son passeport pour la France lorsque je suis né. Il s'est installé à Cannes un mois après ma naissance, et il y a travaillé comme jardinier jusqu'en février 2001, date à laquelle il a pris sa retraite. C'est donc ma mère qui nous a élevés. Elle m'a raconté que j'avais d'abord été un bébé très sage qui ne pleurait que lorsqu'il fallait le changer ou lui donner le sein, puis un enfant « très gentil, respectueux, timide et qui parlait peu ». Ce que je suis resté à l'âge adulte, à l'image de mon père que j'ai toujours beaucoup admiré. Il voulait que j'aille à l'école, mais ma mère, qui s'était habituée à ma présence à la maison – au Maroc, la scolarité ne commençait alors qu'à l'âge de sept ans –, a préféré me garder à ses côtés pour l'aider. Et comme, dans mon pays, la coutume veut que les femmes mariées ne sortent pas de chez elles et que mon frère aîné allait déjà à l'école, c'est moi qui ai été chargé de faire les courses et d'aller chercher l'eau à la fontaine. C'est pour cette raison que je n'ai jamais appris à lire et à écrire. Plus tard, lorsque j'ai été accusé à tort, ma mère a beaucoup regretté de ne pas m'avoir envoyé à l'école. Elle pensait en effet que j'aurais mieux su me défendre si j'avais été instruit.

Ma mère, qui devait assumer aussi le rôle de père, savait être à la fois autoritaire et tendre avec nous. Très tôt, elle nous a enseigné les lois du Coran : le respect des autres et l'honnêteté, en particulier, des valeurs que j'essaie aujourd'hui de transmettre à mon tour à mes enfants.

Chaque été, mon père venait passer un mois et demi de vacances avec nous. C'était alors fête à la maison. Maman préparait les gâteaux, le couscous et le thé à la menthe. Et nous étions, mes frères et sœurs et moi, d'autant plus excités qu'à la joie de retrouver notre père s'ajoutait celle de découvrir les bonbons, les jouets, les vêtements qu'il ne manquait jamais de nous apporter. Nous pensions que la France était à l'image de ces objets qu'on ne trouvait pas chez nous, luxueuse. Et j'avais déjà à l'esprit l'idée qu'un jour j'irais voir à quoi ressemblait ce pays qui retenait notre père loin de nous. Pendant ses congés, il ne se reposait jamais, soucieux de rattraper ce qu'il n'avait pas pu faire pendant l'année. Chaque été, il aménageait donc une nouvelle pièce dans la maison qui est aujourd'hui entièrement rénovée. Il prenait aussi le plus grand soin du jardin. Il était heureux d'être avec nous, mais je savais bien qu'il essayait de ne pas penser qu'il devrait repartir bientôt. Je ne quittais pas des yeux ce père qui me manquait tant tout au long de l'année, et j'observais avec attention chacun de ses gestes, guettant avec anxiété le moment où son regard s'assombrissait, signe que son départ approchait. Pour ne pas ajouter à sa tristesse, j'essayais de cacher la mienne. En vain, car mon père a toujours su lire dans mes pensées. J'admirais le courage de cet homme qui, chaque année, retrouvait la force de quitter sa famille et le soleil du Maroc pour que nous ne manquions de rien.

Plus tard, mes enfants ont été privés de leur père, eux aussi. Mais à la souffrance de la séparation s'ajoutait celle de savoir que j'étais en prison et, plus encore, que je payais pour un crime que je n'avais pas commis. Je leur ai expliqué depuis pourquoi ils ont dû grandir sans leur père, et c'est pour qu'ils n'ignorent rien de mon histoire que j'ai décidé de faire ce livre.

Petit, lorsque j'avais rapporté les courses et de l'eau, je m'occupais du jardin, prenant soin des arbres et des fleurs que mon père avait plantés pendant ses vacances. C'était une façon de me rapprocher de lui.

Un été, il a décidé d'acheter une pompe pour que nous puissions tirer de l'eau à la rivière proche de la maison. C'était un vrai luxe ! Grâce à cette eau si précieuse chez nous, la récolte de légumes est devenue de plus en plus abondante. Ma mère en donnait une partie aux voisins et j'allais vendre le reste au marché. Encouragé par ce succès, j'ai décidé de planter aussi des vignes, des figuiers, des oliviers. J'étais très heureux d'avoir un si beau jardin et de pouvoir en partager la récolte. Lorsque j'ai eu dix-huit ans, mon père m'a acheté un petit commerce pour vendre ces légumes. Mais à l'époque, déjà, les gens préféraient grouper leurs achats dans des magasins plus importants. J'ai donc dû fermer boutique. Et j'ai recommencé à cultiver mon jardin.

Après mon travail, j'allais au bord de la mer pour pêcher avec mes copains. Nous installions des filets, dans lesquels nous prenions des daurades, des rougets, des congres que nous partagions ensuite entre nos familles. Il nous arrivait aussi de rentrer sans rien, ce qui était sans importance, car nous pêchions d'abord par plaisir. Et si le poisson que nous rapportions était toujours bienvenu, il n'était pas indispensable. Il m'arrivait souvent de partir seul pour pouvoir rêver tranquillement. Je marchais alors pendant des heures le long de l'immense plage de sable fin, m'arrêtant lorsque je pensais avoir trouvé le bon endroit pour lancer mes filets. J'étais si absorbé par ma passion de la mer qu'il m'arrivait d'oublier l'heure et de rentrer à la nuit tombée. Ma mère s'inquiétait alors et m'attendait devant la porte. Elle me grondait et me disait qu'elle ne me laisserait plus sortir. Mais le lendemain, elle se laissait attendrir, et je reprenais le chemin de la plage. Aujourd'hui encore, j'ai hâte, chaque fois que je rentre au pays, de retrouver cet endroit merveilleux pour y pêcher, comme autrefois.

Le premier été où j'ai pu retourner au Maroc après ma sortie de prison, j'ai été si occupé par la visite des nombreux Marocains venus me soutenir que je n'ai pas eu le temps d'aller dans cet endroit que j'aime plus que tout au monde. Mais l'été suivant, j'y ai planté ma tente pour y passer la journée avec mes fils, mes frères et leurs enfants, comme il m'arrivait de le faire autrefois avec mes copains. C'était un moment de vrai bonheur. Un de ces rares moments où j'arrive à oublier la profonde tristesse qui ne me quitte plus depuis que j'ai été accusé à tort. Du fond de ma cellule où la lumière n'entrait jamais, j'ai souvent rêvé à ces immenses étendues de sable doré, à la mer dont le scintillement change en fonction de l'intensité de la lumière. Au soleil couchant que l'on suivait des yeux jusqu'au moment où il disparaissait dans la mer, laissant derrière lui un ciel rouge, magnifique. À l'odeur du large. À cette période d'insouciance désormais perdue à jamais.

À vingt-deux ans, mes parents m'ont dit que je devais désormais songer à me marier. Je leur ai répondu que j'avais encore bien le temps. Je rêvais alors plutôt d'aller rejoindre mon père en France, pour savoir enfin à quoi ressemblait ce pays qui m'intriguait tant. Il nous avait pourtant toujours mis en garde contre l'image trop idéalisée que nous en avions. « Contrairement à ce que croient de nombreux Marocains, la vie n'est pas facile en France », nous répétait-il. Et ma mère n'avait pas du tout envie, elle non plus, que je quitte la maison. Mais j'ai tellement insisté qu'ils ont fini par céder tous les deux. À une condition, cependant : je ne resterais que quelques semaines, le temps de visiter la région de Cannes. Comme il me l'avait promis, mon père m'a envoyé de l'argent pour payer mon billet d'avion et un certificat d'hébergement de trois mois. J'étais vraiment heureux.

La France

Le 5 août 1985, à 14 h 30, j'ai atterri à l'aéroport de Marseille. Cette date reste gravée dans ma mémoire. Je venais en effet de prendre l'avion pour la première fois et j'allais mettre les pieds sur le sol de la France, ce pays qui m'avait tant fait rêver. J'étais très ému. Un peu inquiet, aussi. Tout allait soudain si vite : les voyageurs qui couraient pour avoir leurs correspondances, les avions qui décollaient et atterrissaient de façon si rapprochée qu'ils semblaient se frôler, les employés énervés qui n'ont jamais le temps de vous aider… Jamais je n'avais vu une telle agitation, ni entendu un tel vacarme. Et mes montagnes me semblaient bien loin, tout à coup. Je me sentais à la fois tout petit, au milieu de la foule, et grisé par ce spectacle si étonnant pour moi. Pour être sûr de ne pas me perdre, je suivais docilement les autres voyageurs. Mais j'étais un peu inquiet. Que deviendrais-je dans ce grand aéroport, moi qui débarquais du Rif et qui ne parlais que le berbère, si mon père avait eu un empêchement ? Mais il était là, bien sûr, mon père. Comme il allait l'être dans tous les moments les plus difficiles de mon existence. Pour que je n'aie pas à le chercher, il était même arrivé en avance afin de pouvoir se poster devant tout le monde. Nous nous sommes embrassés et il m'a emmené jusqu'à sa voiture. Sur la route de Marseille à Cannes, il s'amusait de la naïveté des questions que je lui posais continuellement sur tout ce que je voyais :

je ne comprenais pas comment il pouvait y avoir autant de voitures. J'étais aussi très intrigué par la végétation, car hormis les quelques buissons épineux qui poussent dans notre région, les figuiers, les oliviers et les orangers, je n'avais jamais vu de grands arbres. « Tu verras, me répondait-il, ici il pleut beaucoup ! Il faudra que tu t'y fasses. » Nous nous sommes arrêtés pour manger sur la route et mon père s'est mis à me poser des tas de questions. Il voulait savoir comment allait la famille, ce que faisaient mes frères et sœurs. S'ils étaient tous en bonne santé. Il m'a même demandé des nouvelles du jardin, car il s'inquiétait de savoir qui s'en occuperait en mon absence.

Mon père m'a ensuite emmené au foyer Sonacotra du Cannet-Rocheville, où il a vécu jusqu'à sa retraite. Il n'a en effet jamais cherché à habiter dans un endroit plus confortable, car il économisait l'argent qu'il gagnait pour l'envoyer au pays. Par la suite, cet argent lui a aussi permis de payer mes avocats.

Dans la petite chambre qu'il occupait, mon père avait placé à côté du lit des photos de la famille réunie devant la maison. Il avait dû les regarder souvent, ces photos, les soirs où il était triste... Mais cela, il ne l'a jamais dit, car mon père n'est pas homme à confier facilement ses sentiments, et encore moins à se plaindre de son sort.

Le lendemain de mon arrivée, nous nous sommes levés de bonne heure, car mon père voulait me faire visiter Cannes. En longeant la Croisette du bord de mer, je m'émerveillais de tout le luxe que je découvrais : ces immenses palaces somptueux avec leurs terrasses face à la mer ; ces voitures puissantes ; ces boutiques qui affichaient des prix qui me donnaient le vertige. Jamais je n'avais soupçonné l'existence de tant de splendeur. Tout, ici, semblait fait pour les gens très riches. Et j'en avais conclu qu'il n'y avait pas de pauvres en France. J'ai découvert que ce n'était pas le cas en croisant un premier mendiant, puis un autre, tous deux sales et vêtus de haillons. Assis par terre, ils réclamaient aux gens qui passaient quelques francs pour manger. J'étais stupéfait, car je ne comprenais pas comment, dans la même ville, les gens les plus riches pouvaient côtoyer ceux qui n'avaient même pas de quoi manger, sans que personne ne s'en étonne. Au Maroc, c'est un devoir pour les musulmans d'aider les gens dans le besoin, et si tous ne le font malheureusement pas, tous savent que c'est un devoir. J'ai eu le sentiment que ce n'en était pas un en France.

De retour au foyer Sonacotra, j'ai longtemps réfléchi à tout ça avant de m'endormir. Tout semblait si beau, si proche de ce que j'avais imaginé. Et pourtant, il y avait aussi des pauvres et des malheureux. Je voyais bien que mon père comprenait mes pensées ; les mêmes, sans doute, qu'il avait eues, lorsque vingt-trois ans plus tôt il avait, comme moi, découvert que la France n'était pas seulement le pays riche qu'il avait imaginé.

Le lendemain matin, il est parti travailler à 6 heures et je me suis retrouvé seul au foyer. Comme il fallait prendre le bus pour se rendre en ville, je n'ai pas bougé. J'avais bien trop peur de me perdre. Je n'osais pas non plus m'adresser aux gens dont je ne parlais pas la langue. J'ai alors commencé à penser au pays qui me manquait, et à ma mère, surtout, dont je m'étais séparé pour la première fois. J'étais terriblement triste. Lorsque mon père est rentré le soir, je lui ai dit que je m'étais ennuyé et je lui ai demandé s'il acceptait que je l'accompagne à son travail le lendemain. Il a compris ce que je ressentais, pour l'avoir sans doute lui-même ressenti bien souvent pendant ces longues années passées loin de nous. Mais lui n'avait personne à qui confier sa tristesse ! Pour m'aider à oublier mes idées noires, mon père m'a emmené le soir même à Mougins chez Mme Pascal, une dame chez qui il travaillait pratiquement depuis son arrivée en France en 1962.

Comme mon père, je suis devenu jardinier

Alors que nous montions l'allée qui conduit au mas Saint-Barthélemy, une belle maison aux volets bleus et verts, mon père m'a expliqué que Mme Pascal était une dame très gentille, veuve d'un médecin très aimé et respecté dans la région. Lorsque je lui ai dit que je trouvais « son » jardin magnifique, son visage s'est éclairé. Il était heureux que j'apprécie son travail. Comme je ralentissais le pas pour regarder les nombreuses espèces de fleurs que je ne connaissais pas, il m'a attrapé par le bras. Il ne voulait pas faire attendre Mme Pascal. Une charmante vieille dame se tenait en effet sur le pas de la porte. Elle m'a tendu chaleureusement la main en souriant. Je ne comprenais pas ce qu'elle me disait, mais j'entendais à l'intonation de sa voix que c'était des choses pleines de gentillesse. J'ai senti qu'elle aimait beaucoup mon père. Ils ont parlé ensemble quelques instants puis mon père s'est tourné vers moi pour me dire qu'elle me proposait de venir travailler dans son jardin le lendemain. J'étais vraiment heureux que mon père lui ait dit que j'en étais capable. C'était une grande preuve de confiance et j'en étais très fier.

Le lendemain matin, nous sommes arrivés de bonne heure chez Mme Pascal pour que mon père ait le temps de m'expliquer ce que je devais faire dans le jardin avant de se rendre chez ses autres employeurs. Il a commencé par me montrer le cabanon où je devrais ranger les outils de jardinage. C'est lui qui l'avait construit lorsqu'il avait commencé à travailler chez Mme Pascal, et il y avait même installé une douche. Il m'a ensuite expliqué comment fonctionnait la tondeuse à gazon, puis il m'a montré les bordures de fleurs à nettoyer, avant de filer pour ne pas être en retard. J'ai alors commencé à désherber soigneusement les plants de géraniums et de pétunias, après quoi j'ai tondu la pelouse. Mme Pascal passait me voir de temps en temps pour me demander si tout allait bien. En même temps, elle m'apportait à boire. Elle semblait craindre que j'aie trop chaud, ce qui m'amusait un peu, car j'étais habitué à des températures beaucoup plus importantes dans le Rif. J'étais en tout cas très touché par toutes ces marques de gentillesse. On ne pouvait pas se parler, mais on avait compris l'un et l'autre que l'on s'entendrait bien.

Lorsque mon père est venu me chercher le soir, Mme Pascal lui a dit qu'elle aimerait bien me garder. Chaque jour, il continuait donc à m'enseigner ce que j'avais commencé à apprendre seul au Maroc. Il me montrait comment soigner les nombreuses variétés de fleurs que je ne connaissais pas, comment tailler les lauriers pour qu'ils fleurissent mieux la saison suivante, comment biner les pieds des buissons pour aérer la terre. Et lorsqu'il a jugé que je commençais à me débrouiller suffisamment bien, il m'a proposé de le remplacer pendant son mois de congé. J'étais heureux et fier de la confiance qu'il m'accordait. Mme Pascal me payait 400 francs par jour, et je venais travailler chez elle une ou deux fois par semaine, ce qui, pour moi, représentait déjà beaucoup d'argent. J'avais appelé ma mère pour lui dire combien j'étais fier de gagner ma vie et je lui avais envoyé un cadeau.

Peu à peu, je commençais à prendre de l'assurance. Je me sentais moins perdu et j'osais désormais m'aventurer dans les rues de Mougins. Six mois après mon arrivée, j'y ai croisé les gendarmes, qui m'ont demandé mes papiers. Je leur ai fait comprendre par des gestes que je n'en avais pas ; en effet, je n'étais plus en règle. Ils m'ont alors fouillé et ils ont trouvé de l'argent sur moi. J'ai pensé que mon séjour allait s'arrêter là et que les gendarmes allaient me renvoyer au Maroc, mais Dieu en a décidé autrement. Les gendarmes m'ont demandé de les conduire chez moi. Je les ai alors emmenés chez mon oncle Mohamed, le frère aîné de mon père, qui vivait comme lui au foyer Sonacotra. Et lorsqu'il leur a dit que j'étais Omar, le fils d'Abdeslam Raddad, qu'ils connaissaient très bien, ils ont simplement demandé à ce qu'il passe les voir à son retour de vacances. Prévenu par mon oncle, mon père est rentré plus tôt que prévu car il était un peu inquiet. Il a expliqué aux gendarmes que je n'avais en effet pas de papiers, mais que c'était lui qui m'avait donné l'argent qu'ils avaient trouvé sur moi. Les gendarmes lui ont alors répondu que s'il y avait un problème, ils l'appelleraient. J'en avais conclu que les gendarmes étaient des gens très gentils. Ce qui explique en partie pourquoi je n'avais aucune méfiance vis-à-vis de ceux qui m'ont arrêté par la suite.

Latifa

J'ai rencontré Latifa à Cannes, où elle était venue rendre visite à sa sœur qui est mariée avec quelqu'un de ma famille. Elle avait alors vingt-deux ans. Contrairement à moi, Latifa a toujours vécu en France. Elle est née à Toulon, où sa famille est installée depuis longtemps. Elle est française d'origine marocaine, ou plus exactement, sahraouie.

Lorsque j'ai su que je voulais l'épouser, je suis d'abord allé voir sa sœur pour lui demander si elle pensait que Latifa serait d'accord. Puis mon père, à qui je devais des explications. « Père, lui ai-je dit, je sais que je m'étais engagé à ne rester que quelques mois en France, mais les choses ont changé depuis : J'ai rencontré Latifa. Je veux l'épouser et m'installer avec elle ici. » Mon père a bien essayé de protester, me rappelant mon engagement. Il était très soucieux que je veuille rester en France, mais il a senti que j'étais déterminé et, après avoir réfléchi un instant, il m'a dit : « Après tout, tu es assez grand pour mener ta vie comme tu l'entends. » J'ai alors appelé ma mère au Maroc pour lui demander son accord, à elle aussi. « Tu ne m'as jamais déçue, m'a-t-elle répondu, et tu sembles heureux... » Je l'étais d'autant plus que mes parents m'avaient accordé leur confiance, une fois de plus, ce qui était très important pour moi.

Mon père s'est alors rendu à Toulon pour rencontrer la mère de Latifa. Comme son père est mort lorsqu'elle était petite, c'est en effet à elle qu'il a demandé pour moi la main de Latifa. Et nous nous sommes mariés le 2 février 1987.

Toute la famille de Latifa assistait à cette belle fête. Mon père et mon frère Ahmed étaient là aussi. Mais ma mère, qui n'a jamais quitté le Maroc, n'était pas venue. Elle m'a beaucoup manqué un jour si important, car elle est pour moi la personne qui compte le plus au monde.

Après notre mariage, Mme Pascal nous a trouvé un studio près de chez elle. Et elle m'a fait un contrat à durée indéterminée pour que je puisse, au plus vite, régulariser ma situation. Mon père, qui connaissait beaucoup de monde, m'a présenté par la suite à Mme Muller et à M. Sheriff, des voisins de Mme Pascal, et je suis aussi allé travailler chez eux comme jardinier.

Mme Marchal

C'est chez Mme Pascal que j'ai vu pour la première fois son amie Mme Marchal qui était venue dîner. Elle était arrivée en Rolls. C'était une femme très élégante et très distinguée, très différente de Mme Pascal qui était beaucoup plus simple, moins distante. Mais cela ne les empêchait pas d'être très amies. Avant le dîner, Mme Pascal a montré son jardin à Mme Marchal qui l'a trouvé très beau. Comme elle avait justement besoin d'un jardinier, elle lui a demandé si je pouvais venir travailler chez elle. Mme Pascal m'a transmis cette demande que j'ai acceptée très volontiers, car ce nouvel emploi me permettait de compléter ma semaine. Je travaillais désormais le lundi, le mercredi et le samedi chez Mme Pascal, le jeudi chez Mme Muller, et le vendredi chez Mme Marchal. Le reste du temps, il m'arrivait aussi de travailler un peu chez M. Sheriff, mais de façon plus irrégulière.

Je me souviens de la première fois où je me suis rendu à La Chamade, la villa de Mme Marchal, située à quelques centaines de mètres de celle de Mme Pascal. C'est Mme Marchal qui m'a ouvert la porte. Elle m'a fait visiter le jardin. J'ai trouvé la maison magnifique avec sa vue sur la mer. Mme Marchal m'a expliqué qu'elle ne connaissait pas grand-chose aux jardins et qu'elle me laissait libre de choisir pour le sien les arbres et les fleurs que je souhaitais. Comme la construction de sa villa venait juste de se terminer, tout était à faire dans le jardin. J'étais très fier de cette marque de confiance qu'elle m'accordait dès le premier jour. Une confiance qu'elle a toujours gardée à mon égard. Elle ne vérifiait, par exemple, jamais mes horaires. Elle savait bien en effet que s'il m'arrivait d'avoir un quart d'heure de retard le matin parce que je ne m'étais pas réveillé, je le rattrapais naturellement le lendemain, sans que nous ayons même à en parler. Mais Mme Marchal n'accordait pas cette confiance à tous ses employés. C'est le cuisinier qu'elle venait de renvoyer lorsque je suis entré à son service qui me l'a raconté. Il lui en voulait beaucoup et m'avait dit qu'elle était insupportable, et jamais satisfaite de son travail. Cela m'avait beaucoup surpris. Et j'en avais conclu qu'elle avait peut-être davantage de mal à supporter les gens qui travaillaient à la maison. Sans doute aussi Mme Marchal avait-elle ses têtes.

Pour la remercier de sa gentillesse à mon égard, j'essayais, en tout cas, de lui faire plaisir, chaque fois que je le pouvais. Durant l'été, je ne manquais jamais de venir arroser ses fleurs, après mon travail chez mes autres employeurs. Et j'avais posé avec l'aide de mon père et de mon frère le carrelage de sa salle à manger. Je me souviens comme elle était contente du résultat. Elle applaudissait. Par la suite, Mme Marchal a engagé Latifa comme femme de ménage et elle nous a proposé de venir nous installer tous les deux dans un petit studio, au-dessus du garage. Nous y trouvions chacun un avantage : elle, parce que nous lui servions dc gardiens pour la propriété et nous parce que nous étions logés gratuitement. Lorsque nous avons prévenu Mme Marchal que Latifa était enceinte, elle nous a pourtant demandé de quitter le studio parce qu'elle craignait, nous a-t-elle dit, la proximité de la piscine pour le bébé. Ce qui était certainement vrai, mais je pense qu'elle tenait aussi beaucoup à préserver sa tranquillité. Mme Marchal détestait en effet le bruit, et c'est sans doute pour cette raison qu'elle avait choisi de s'installer sur les hauteurs de Mougins.

C'est alors Mme Pascal qui nous a aidés (car l'une et l'autre se relayaient pour le faire, chaque fois que nous en avions besoin). Non seulement elle nous a trouvé un studio, mais elle l'a loué pour nous à son nom. Mme Marchal était si gentille avec nous que nous avions le sentiment, Latifa et moi, d'être traités comme ses enfants, plus que comme de simples domestiques. Au nouvel an, elle pensait toujours à nos étrennes, et elle ne perdait jamais une occasion de nous faire des cadeaux. J'ai appris depuis qu'on la disait près de ses sous. Elle s'est pourtant toujours montrée très généreuse avec nous. Lorsque mon premier fils, Karim, est né, le 10 décembre 1987, Mme Marchal a fait porter à l'hôpital de Cannes, où Latifa venait d'accoucher, de petits draps brodés, des brassières et des jouets. Par la suite, elle a demandé à voir le bébé. Nous avons donc pris le car tous les trois pour aller chez elle. Elle avait préparé pour nous une jolie table avec des boissons et des petits fours. Je pense qu'elle n'aurait pas reçu autrement des membres de sa famille. Elle faisait en sorte de nous donner l'impression que nous étions du même milieu qu'elle. Pour la naissance de mon deuxième fils, Youssef, en mai 1991, Mme Marchal nous a reçus de la même façon.

Lorsque je repense à cette époque, je me dis que nous étions alors sans doute aussi heureux que l'on peut l'être.

Un bonheur qui allait tourner au cauchemar

Ce vendredi 21 juin 1991 alors que nous discutions, Mme Marchal et moi, de ce que je ferais la semaine suivante, je ne savais pas que je la voyais pour la dernière fois. Je me souviens qu'elle m'a demandé de tailler les haies. Puis elle m'a dit : « À vendredi, Omar. » Je ne l'ai jamais revue.

Le lendemain, samedi, je suis allé travailler chez Mme Pascal, comme tous les samedis. Je lui ai alors demandé l'autorisation de venir travailler le lendemain dimanche à la place du lundi, ce qui me permettrait de passer deux jours chez ma belle-mère à Toulon puisque je ne travaillais pas le mardi. Après la naissance de Youssef, j'avais en effet conseillé à Latifa d'aller se reposer chez sa mère pendant quelques jours. Et je devais l'y rejoindre pour fêter l'Aïd el Kebir avec toute la famille.

Voilà ce que j'ai fait le dimanche 23 juin 1991, jour où on m'accuse d'avoir assassiné Mme Marchal. Le dimanche matin, je suis arrivé à 8 h 15 chez Mme Pascal, avec environ un quart d'heure de retard, parce que je ne m'étais pas réveillé assez tôt. J'étais en effet fatigué après une semaine chargée où j'avais travaillé quelquefois jusqu'à douze heures par jour. Comme d'habitude, j'ai arrêté le moteur de ma mobylette avant d'entrer dans la propriété, pour éviter d'exciter les chiens de Mme Pascal et de les faire aboyer. J'avais en effet très peur de l'un d'eux qui m'avait mordu au mollet. J'ai ouvert le portillon de la grille avec ma clé, et j'ai garé mon vélomoteur à sa place habituelle, sous le vieil olivier. Puis j'ai commencé à nettoyer un massif de géraniums. À 12 heures, ou peut-être 12 h 5, je suis rentré déjeuner chez moi. En chemin, je me suis arrêté à une boulangerie, la première sur mon chemin – celle qui a des marches. Comme les clients étaient nombreux, j'ai fait la queue pour acheter une demi-baguette. Je suis arrivé chez moi, avenue de Grasse, vers 12 h 15 ou 12 h 20. C'était jour de marché et il y avait beaucoup de monde. J'ai garé mon vélomoteur dans la cour. À l'entrée de mon immeuble, j'ai aperçu le propriétaire du magasin Casino qui s'apprêtait à rentrer chez lui, à l'étage au-dessus du mien[1].

Chez moi, je me suis préparé un sandwich au fromage que j'ai mangé en regardant « Le juste prix »

1. M. Marcel Gaye a confirmé aux gendarmes qu'il se trouvait bien à cet endroit ce jour-là, à l'heure dite, mais qu'il n'a pas vu Omar. Il a aussi ajouté qu'il était inhabituel qu'il s'y trouve. Voici ce qu'il a déclaré à un journaliste, Alain Léauthier : « Ce jour-là, nous sommes effectivement sortis avec ma femme et mon fils dans la matinée pour promener le chien. Je n'avais pas de montre, mais nous avons dû quitter l'immeuble vers 11 h 45-11 h 50. On est revenus vers midi. Dans le hall,

à la télévision. Puis j'ai écouté de la musique arabe à la radio. J'ai ensuite repris mon vélomoteur et j'ai fait exactement le même trajet qu'à l'aller. Sur le chemin du retour, j'ai appelé ma femme d'une cabine téléphonique proche de chez moi, pour lui confirmer que je viendrais le lendemain à Toulon, comme convenu. J'ai repris mon travail chez Mme Pascal vers 13 h 5, au lieu de 13 h 30, afin de rattraper mon retard du matin. J'ai commencé par planter deux arbustes, près du bassin à poissons. Puis j'ai balayé la terrasse en face du salon. La fille de Mme Pascal, qui venait de terminer de déjeuner avec sa mère et son mari, débarrassait la table sur la terrasse. « Tu es déjà de retour, Omar ? » m'a-t-elle demandé. Je lui ai répondu que j'avais commencé plus tôt pour rattraper mon retard du matin. Un peu plus tard, le gendre de Mme Pascal est venu m'offrir un petit sandwich et une glace au chocolat. Je l'ai remercié. Et comme j'avais déjà déjeuné, j'ai mangé la glace, mais pas le sandwich que j'ai posé par terre pour les oiseaux. J'ai ensuite tondu la pelouse, arrosé le jardin, puis, vers 17 heures, j'ai rangé mes outils dans le cabanon.

on a croisé un ami qui habite au quatrième étage. On a papoté quelques minutes et puis, en plaisantant, je lui ai proposé de nous inviter à déjeuner. Ce qu'il a fait. Je suis donc allé prendre des victuailles dans la réserve du magasin. Après, j'ai rejoint tout le monde chez notre ami, il devait être entre 12 h 15 et 12 h 25, et j'ai, c'est exact, traversé la cour. Mais je ne me souviens pas y avoir croisé Omar, ce qui ne prouve rien d'ailleurs. Des fois, on ne fait pas attention à des visages familiers » (*Libération*, 5 septembre 1991).

Sur le chemin du retour, je pensais à ma femme et au petit que j'allais retrouver le lendemain. J'avais été déjà si heureux lorsque mon premier fils Karim était arrivé. Dieu avait permis que j'en aie un deuxième. C'était un vrai cadeau. Je suis rentré chez moi et je me suis couché de bonne heure pour pouvoir me lever plus facilement le lendemain matin. Voilà toutes les précisions que je peux donner sur mon emploi du temps de cette journée où on allait m'accuser d'avoir tué ma patronne, Mme Marchal.

Les gendarmes, puis les juges, ont estimé qu'elles étaient insuffisantes. Mais je ne pouvais pas deviner, à moins d'être le criminel et de savoir que j'aurais besoin d'alibis pour me disculper, que j'aurais dû, ce jour-là, noter précisément qui j'avais croisé, comment étaient habillés ces gens et avec qui ils parlaient.

Le lendemain matin, lundi 24 juin, j'ai pris le train de 8 h 30 pour Toulon. J'étais heureux en pensant au petit. En arrivant à la gare de Toulon, j'ai pris le bus pour la banlieue de Toulon, où vit la famille de Latifa. Tout le monde travaillait à la préparation du repas de fête. Latifa était un peu fatiguée mais heureuse. J'ai joué avec le bébé une partie de la journée.

Mon arrestation

Ce matin du 25 juin, nous discutions Latifa, sa sœur et moi sur le balcon, lorsque nous avons remarqué, sans y prêter vraiment attention la présence de gendarmes, en bas de l'immeuble. Ils semblaient chercher quelqu'un dans l'immeuble voisin (j'ai su par la suite que les gendarmes s'étaient trompés d'adresse et qu'ils étaient d'abord allés me chercher chez des membres de la famille de Latifa qui se trouvaient alors au Maroc). Quelques minutes plus tard, on sonnait à la porte. Il devait être environ 11 h 30, car je me souviens que la table du déjeuner était prête. C'est ma belle-sœur qui a ouvert. J'ai alors entendu une voix d'homme demander : « Omar Raddad est là ? » Je me suis aussitôt présenté. C'étaient les gendarmes. Je me souviens que mon fils aîné Karim était à mes côtés. Les gendarmes m'ont ordonné de les suivre sans me donner aucune explication. Nous avons insisté pour en avoir, Latifa et moi. Et comme ils s'obstinaient à refuser de répondre, j'ai dit à Latifa que j'allais les suivre puisque ça semblait être la seule façon de savoir ce qu'ils me voulaient. En bas de l'immeuble, les gendarmes m'ont fait monter dans leur voiture. Puis ils m'ont passé les menottes. J'étais très choqué et je leur ai de nouveau demandé des explications. « C'est le règlement », m'ont-ils seulement répondu.

Au poste de Toulon, ils m'ont fouillé, puis ils m'ont retiré les lacets de mes baskets et ma montre, toujours sans la moindre explication. Après quoi ils m'ont enfermé environ deux heures seul dans une pièce. Je frappais à la porte pour réclamer des explications, mais personne ne me répondait. Sans doute lassé par le bruit, un gendarme a pourtant fini par lâcher cette phrase : « Les gendarmes de Cannes vont venir te chercher. » Mais je n'ai pas pu en savoir plus, même lorsque trois gendarmes sont en effet venus me chercher pour me conduire à la gendarmerie de Saint-Basile, près de Mougins. Ce sont alors eux qui ont commencé à me poser des questions. Je ne le savais pas, mais j'étais en garde à vue. C'était le début d'un long cauchemar.

Garde à vue

Pas plus que je ne savais que je me trouvais en garde à vue, je ne savais alors que j'avais le droit de me faire assister d'un avocat et d'un interprète, que j'avais pourtant très vite réclamé. Les gendarmes m'ont simplement prévenu que Latifa était dans une pièce voisine, mais ils ne m'ont pas autorisé à la voir. Elle était d'abord allée au poste de Toulon, où on l'avait prévenue que j'avais été conduit à Mougins. Je comprenais très mal ce que me demandaient les gendarmes, mais lorsque je le leur disais, ils refusaient de me croire : « On connaît ton père. Il parle très bien le français », répétaient-ils. Mais je comprenais encore moins leur logique. Ils savaient en effet parfaitement que mon père vivait en France depuis vingt-huit ans, ce qui n'était pas mon cas. J'avais bien appris quelques mots de français avec mes patrons, mais ils concernaient essentiellement le jardinage, et je parlais l'arabe avec ma femme et le berbère avec mon père. Comme je n'avais à l'époque aucune méfiance à l'égard des gendarmes, j'essayais pourtant de leur répondre du mieux que je pouvais, avec les quelques mots que je connaissais en français. Et lorsque je n'arrivais pas à m'expliquer dans cette langue, je terminais mes phrases en arabe, ou à l'aide de gestes. Ce qui permettait aux gendarmes d'écrire à peu près ce qu'ils voulaient sur les procès-verbaux. Comme je ne l'ai malheureusement découvert que beaucoup plus tard, lorsqu'on m'a remis mon dossier, juste avant le procès. Quand je parlais arabe, je voyais bien que le gendarme qui prenait ma déposition continuait à taper à la machine, ce qui me surprenait, puisqu'il ne parlait pas cette langue. Mais je pensais qu'il avait peut-être ses raisons, car, comme je l'ai déjà dit, j'avais alors une confiance aveugle à l'égard des gendarmes.

Après plusieurs heures d'interrogatoire, j'étais tellement fatigué que je ne répondais plus aux questions que l'on me posait que par oui ou par non, un peu au hasard, parce que je pensais que c'était le moyen d'en finir plus vite. C'est pour cette raison que j'ai répondu oui, lorsque les gendarmes m'ont demandé si je fréquentais les prostituées. Je ne connaissais pourtant alors même pas le sens de ce mot. Mais peu importe, la machine notait. C'est à ce moment-là que les gendarmes, encouragés par ce succès, m'ont brutalement posé cette terrible question : « Pourquoi tu as tué Mme Marchal ? » Heureusement, j'avais compris le sens du mot « tué » en voyant les photos qu'ils me montraient. Et j'ai toujours nié ce meurtre, même lorsque je ne tenais plus debout. Car l'interrogatoire se prolongeait maintenant dans la nuit. Je restais pourtant toujours aussi confiant, car j'étais persuadé que les gendarmes allaient se rendre compte de leur erreur. Au lieu de ça, ils m'ont apporté une couverture pour la nuit. J'étais si fatigué que je n'avais plus la force de me poser de questions. Je me suis donc allongé sur le banc en ciment de la cellule pour essayer de m'endormir. Mais j'avais à peine fermé les yeux que les gendarmes, qui guettaient ce moment, sont venus me chercher pour me poser à nouveau la même question : « Pourquoi tu as tué Mme Marchal ? » Dieu seul m'a donné la force de résister.

Et je comprends depuis cette nuit-là pourquoi des innocents finissent par avouer des crimes qu'ils n'ont pas commis, allant jusqu'à inventer des précisions qu'on ne leur demande pas, juste pour qu'on les laisse enfin dormir ou manger. C'est de cette façon que Patrick Dils, qui n'avait que seize ans au moment de son interrogatoire en 1987, a avoué le meurtre de deux enfants, dont il était accusé. C'est dur de se retrouver face à des policiers qui font tout pour vous faire avouer. Il était jeune et fragile. Il avait peur, il était fatigué, il avait faim. Les policiers lui avaient promis qu'il pourrait rentrer chez ses parents, s'il parlait. Il a avoué, tout et n'importe quoi. Cet aveu a pesé évidemment très lourd dans sa condamnation. Et aujourd'hui encore, alors qu'il a enfin été acquitté, les gens qui ne savent pas ce que c'est que la garde à vue continuent à se demander pourquoi il a avoué. Je ne me suis, quant à moi, jamais posé cette question, car je sais, pour avoir vécu l'horrible expérience d'une longue garde à vue, à quel point il est difficile de trouver la force de résister à la tension, à l'épuisement et au désarroi. Car si un coupable a pu se préparer aux questions qu'on va lui poser, un innocent, lui, est totalement désemparé. Libéré après un troisième procès, Patrick Dils a déclaré à un journaliste que le policier qui menait l'enquête l'incitait constamment à parler en commençant ses phrases par ces mots : « Imagine, garçon… » Comme si l'imagination devait avoir sa place dans un interrogatoire de police !

Depuis, j'ai souvent réfléchi à plusieurs affaires d'erreurs judiciaires, et j'ai remarqué que les personnes qui en étaient victimes étaient des gens très faibles et incapables de se défendre, pour des raisons différentes suivant les cas. Patrick Dils était très jeune, il était presque encore un enfant. Il était fragile. Richard Roman était un marginal[1]. Moi, j'étais illettré et je parlais très mal le français. Pendant le procès en révision de Patrick Dils, j'ai prié pour qu'il soit acquitté et j'ai pleuré lorsque j'ai appris qu'il l'était. Et je lui souhaite aujourd'hui de tout cœur de parvenir à retrouver une vie à peu près normale et d'oublier ces images de la prison. Même si je sais que c'est presque impossible, car elles font désormais partie de sa vie, à jamais.

Ma deuxième nuit au poste fut beaucoup plus pénible encore que la première. Je ne tenais plus debout et les gendarmes me retiraient ma chaise

1. Accusé du viol et du meurtre de Céline Jourdan, survenu le 26 juillet 1988 à la Motte-du-Caire, il a été acquitté en décembre 1992. [Note de l'éditeur]

chaque fois que j'essayais de m'asseoir. C'était un vrai supplice. Je priais Dieu pour qu'il me donne la force de tenir. Le lendemain matin, j'ai reconnu, venant d'une pièce voisine de celle où je me trouvais, la voix de la femme de ménage de Mme Marchal. Elle parlait fort, mais pas suffisamment cependant pour que j'entende ce qu'elle disait. Je n'essayais d'ailleurs pas de le faire, car je continuais à penser que je n'avais aucune raison de m'inquiéter. Cet interrogatoire me semblait même tout à fait normal, dans la mesure où nous étions, la femme de ménage et moi, les deux seuls employés de Mme Marchal. Ça n'est que beaucoup plus tard que j'ai appris, par l'intermédiaire de mes avocats, qu'elle n'avait été entendue que comme témoin et non comme suspect, les gendarmes se contentant de recueillir son témoignage contre moi.

J'étais de plus en plus fatigué et si je continuais à rester confiant, je commençais tout de même à trouver que les gendarmes n'étaient vraiment pas perspicaces. Comment faisaient-ils pour ne pas se rendre compte de leur erreur ? Il est pourtant une chose qu'ils avaient fini par comprendre, c'est que jamais ils ne parviendraient à me faire avouer ce meurtre que je n'ai pas commis, même sous la torture physique. Ils avaient donc renoncé à la question : « Pourquoi tu as tué Mme Marchal ? » Mais l'interrogatoire se poursuivait, et les gendarmes s'intéressaient maintenant à la façon dont j'étais habillé le dimanche, jour qu'ils estimaient être celui du meurtre de Mme Marchal. Comme je ne connaissais pas le nom des couleurs en français, j'essayais de les leur décrire en leur montrant mes chaussures marron, pour indiquer la couleur du pantalon que je portais ce jour-là ou la table beige qui se trouvait devant nous, pour indiquer celle de ma chemise. Pour vérifier si les vêtements que je venais de leur décrire avaient été lavés, les gendarmes ont alors décidé de m'accompagner chez moi.

Lorsqu'ils ont ouvert la porte, je n'ai d'abord pas compris ce qui était arrivé. Tout était retourné : les valises, les papiers, les vêtements. Des mégots de cigarettes jonchaient le sol. Jamais de ma vie, je n'avais vu un tel désordre. Et je crois que les voleurs eux-mêmes ne se comportent pas de cette façon. Les gendarmes m'ont demandé de leur montrer les vêtements que j'avais portés le dimanche. Je les ai ramassés et je les leur ai tendus. J'ai su par la suite que, lors de son audition, Mme Pascal leur avait décrit ces mêmes vêtements comme étant bien ceux avec lesquels elle m'avait vu travailler le dimanche. Les gendarmes semblaient contrariés. Sans doute parce que les vêtements ne portaient aucune trace de sang. « Est-ce que tu les as lavés ? » m'ont-ils alors demandé. J'étais très étonné par cette question, car je pense qu'il est facile de voir la différence entre des vêtements qui ont été portés toute une journée d'été et des vêtements qui ont été nettoyés. Très agacé, aussi, par ce qui ressemblait fort à de la mauvaise volonté. Je n'ai donc d'abord rien répondu. Et, comme les gendarmes insistaient, j'ai fini par leur dire que je ne savais même pas faire marcher la machine à laver, que seule Latifa utilisait.

Sur le chemin du retour, les gendarmes se sont arrêtés près d'une boulangerie. L'un d'eux est descendu de la voiture. Je n'y ai prêté aucune attention parce que je pensais qu'il allait simplement acheter son pain. Là encore, je n'ai compris qu'il était en fait passé vérifier si j'étais bien venu y acheter du pain le dimanche que lorsque j'ai eu accès à mon dossier. Je n'ai donc pas pu le prévenir qu'il s'était trompé de boulangerie. Cette erreur, comme beaucoup d'autres, aurait pu être évitée, si on m'avait accordé, comme je l'avais demandé, un interprète.

Nous sommes ensuite repassés au poste puis les gendarmes m'ont conduit au palais de justice. Là, ils m'ont emmené dans le bureau d'une dame, qui a commencé par parler assez longuement avec l'un des gendarmes, avant de m'interroger à son tour. Comme on ne m'expliquait toujours rien, je ne savais pas que cette personne n'était autre que le juge chargé de l'enquête, Mme Arfinengo. Elle m'a dit de m'asseoir. Puis elle m'a demandé si les gendarmes m'avaient frappé. C'était la première fois depuis mon arrestation que quelqu'un me traitait avec un peu d'égards. Je lui ai répondu que les gendarmes ne m'avaient pas frappé, mais que ce qu'ils m'avaient fait était bien pire encore. J'ai ajouté que, comme elle pouvait le constater, je parlais très mal le français et que j'avais besoin d'un interprète. Elle a refusé, elle aussi. J'étais très déçu car cette femme m'avait semblé bien disposée à mon égard. Croyait-elle vraiment que je mentais, ou craignait-elle de blesser la susceptibilité des gendarmes en prenant une décision différente de la leur ? J'ai en tout cas perdu tout espoir d'être enfin écouté lorsque j'ai remarqué qu'elle me posait exactement les mêmes questions que les gendarmes.

Après ce simulacre d'interrogatoire, qui n'a pas duré plus de dix minutes, le juge m'a demandé de signer un papier. Ce que j'ai fait, sans même chercher à savoir ce qu'il contenait. C'était un mandat de dépôt d'un an...

Peu de temps après cet entretien, Mme Arfinengo est partie en congé de maternité. Je ne l'ai donc jamais revue. Mais je me suis depuis souvent demandé pourquoi cette femme qui semblait sérieuse et honnête avait manqué à tous ses devoirs en ne consacrant que dix minutes à une personne accusée de meurtre.

Devant le palais de justice, des journalistes m'attendaient. J'étais ébloui par leurs flashs mais je ne réalisais pas vraiment que tous ces gens étaient là pour moi. Lorsque j'ai compris que c'était bien moi qu'ils filmaient, je n'ai pas pu m'empêcher de penser à l'émission de télé « Surprise sur prise ». Est-ce que, comme dans cette émission, j'étais victime d'une très mauvaise plaisanterie ? Ça n'est qu'un peu plus tard, dans ma cellule, que j'allais réaliser que j'avais en effet été filmé, mais pour le journal de 20 heures.

La prison

Lorsque, ce 27 juin 1991, les gendarmes m'ont fait remonter dans leur voiture, j'ignorais une fois de plus où ils me conduisaient, mais j'avais renoncé à leur poser des questions. J'avais compris à présent qu'ils n'y répondraient pas. Je n'avais plus le sentiment d'être un être humain, mais un objet que l'on transportait d'un endroit à un autre. En fin d'après-midi, les gendarmes m'ont déposé à la maison d'arrêt de Grasse. Là, ils m'ont retiré les menottes et sont partis sans un mot.

Jamais je n'oublierai ce bloc monstrueux dressé au cœur de la ville, avec ses murs épais. Un gardien m'a demandé de le suivre, ce que j'ai fait docilement. C'était terrifiant de voir les portes se refermer sur moi, mais je restais encore confiant. La justice française ne pouvait pas continuer à se tromper indéfiniment. Le juge allait comprendre son erreur, appeler la prison et donner l'ordre de me faire sortir immédiatement. Ce ne fut pas le cas. Je n'ai quitté la prison que sept ans, deux mois et huit jours plus tard.

Et pendant toute cette période, il ne s'est pas passé un jour sans que je me pose ces questions qui me hanteront aussi longtemps qu'elles resteront sans réponse : qui est l'assassin de Mme Marchal, et pourquoi m'a-t-il accusé moi ? Des gens me demandent parfois ce que j'en pense. Je crois simplement que ce n'est certainement pas un clochard. Mais ce n'est pas à moi de trouver l'assassin. Et jamais je ne ferai à d'autres ce qu'on m'a fait à moi : accuser sans preuves. Or il n'en reste pas. La justice les a détruites. J'attends pourtant d'elle qu'elle trouve enfin le vrai coupable. Celui qui aurait dû passer ces longues années en prison, et vivre à ma place ce qui fait le quotidien d'un prisonnier : l'unique et minuscule fenêtre de la cellule qui ne laisse entrer qu'un maigre rayon de lumière à travers les barreaux. Les filets tendus au-dessus de la cour, pour arrêter la chute de ceux qui voudraient se suicider. Les éclats de voix des détenus qui se parlent d'une cellule à l'autre et échangent de la nourriture ou des cigarettes à l'aide d'un fil. Ou encore les hurlements horribles de ceux d'entre eux qui sont malades ou en manque de drogue et qui appellent les surveillants pour les supplier de leur en donner. Et puis le froid, la peur de devenir fou, les espoirs toujours déçus, le désir parfois d'en finir avec tout ça.

Le surveillant m'a donné un numéro d'écrou : le 73 92. Un chiffre que je n'oublierai jamais. Il m'a ensuite fouillé puis il m'a accompagné à la douche. Il m'a remis un paquetage avec deux couvertures, deux draps, un bol, deux assiettes, un couteau, deux cuillères, un verre, une fourchette. Et aussi une brosse à dents, du dentifrice, un savon et un rouleau de papier de toilette. Je prenais ces objets sans bien savoir en quoi ils pourraient m'être utiles. Le surveillant m'a ensuite demandé de le suivre. Je l'ai fait docilement, car j'avais compris que, depuis mon arrestation, tout me dépassait complètement et qu'il était devenu inutile de vouloir comprendre et encore moins changer le cours de ce qui m'arrivait. Le surveillant m'a donc conduit jusqu'à une cellule où il m'a fait entrer. Lorsqu'il a ouvert la porte, j'ai été frappé par l'odeur âcre qui s'en dégageait : un mélange de sueur, de crasse et de renfermé. Une odeur à laquelle je n'ai jamais pu m'habituer et qui me donnait envie de vomir. Celle d'une pièce dans laquelle n'entre jamais ni air ni lumière, et dans laquelle vivent neuf personnes. Ou plutôt survivent, car je ne pense pas que l'on puisse appeler autrement le fait de manger, dormir et faire ses besoins.

« Pourquoi tu es là ? m'ont demandé les deux seuls détenus qui ont levé la tête lorsque je suis entré.

– Je ne sais pas », ai-je répondu sans réfléchir.

C'était vrai. Ils n'ont pas insisté. Et ce n'est qu'un peu plus tard, en découvrant les images de ma sortie du palais de justice au journal télévisé, que j'ai pu, en pointant le doigt vers l'écran, leur dire la seule chose dont j'étais certain : « Ça, c'est moi. »

Mes nouveaux codétenus en savaient maintenant autant que moi : j'étais Omar, celui qu'on accusait du meurtre de Mme Marchal parce qu'on avait retrouvé la phrase « OMAR M'A TUER » sur les portes de la cave de La Chamade. Je n'ai pas dormi cette nuit-là. Je fermais les yeux mais je restais bien éveillé. Mes pensées étaient tout embrouillées et je passais sans cesse de l'espoir qu'on allait me libérer au désespoir, en pensant à la souffrance qui était infligée à mes proches. Cette pensée m'était plus insupportable que tout. Une chose pourtant me réconfortait, c'était la certitude que ma mère ne doutait pas de mon innocence. Je le savais.

Après quelques jours, l'avocat que Latifa avait choisi pour moi, Me Georges Girard, est venu me rendre visite. Mais au bout de quelques minutes, il a dû repartir parce que nous n'arrivions pas à nous comprendre. Magid, un détenu d'origine tunisienne, s'est étonné de me voir rentrer aussi vite d'un parloir avec mon avocat. Je lui ai alors expliqué que je parlais très mal le français et que nous ne nous comprenions pas, mon avocat et moi. Magid m'a alors proposé de nous servir d'interprète. Il m'a d'abord fallu obtenir du directeur de la prison l'autorisation pour Magid de m'accompagner au parloir, chaque fois que je rencontrerais mon avocat. Ce qu'il m'a aussitôt accordé. Et, pour la première fois depuis mon arrestation, j'ai pu, grâce à Magid, comprendre où en était ma situation. Mon avocat semblait très confiant et il parlait de ma sortie comme d'une évidence. Il m'a expliqué que nous devions attendre le résultat de l'enquête de gendarmerie pour faire une demande de sortie provisoire auprès du juge. Il me fallait juste un peu de patience.

C'est ce qu'il semblait penser, ce que me répétait Magid aussi. En attendant, il essayait de m'aider par tous les moyens. Comme je lui avais dit que je ne savais ni lire ni écrire, Magid m'avait proposé d'écrire des lettres pour moi. La première fut pour Latifa. Je lui disais seulement qu'elle ne devait pas s'inquiéter, et je lui expliquais comment obtenir un permis de visite pour venir me voir au parloir. Mais deux ou trois jours plus tard, cette lettre était publiée dans un journal dont je préfère ne pas citer le nom. Ce fut pour moi un choc terrible de savoir que cette lettre allait être lue par tout le monde. Car même si je n'avais rien à cacher, son contenu était destiné à Latifa, et à elle seule.

Le parloir

Je revois encore Latifa le jour où elle est venue me rendre visite pour la première fois. Elle m'attendait assise sur un petit tabouret dans une pièce minuscule. Une cloison nous séparait. Elle était triste, pâle, amaigrie. Comme elle avait dû souffrir, elle aussi ! Mais elle ne se plaignait pas. Pendant les trente minutes qu'on nous a accordées, elle a tout fait pour me rassurer sur le sort des enfants et de la famille. À aucun moment, elle m'a demandé si j'étais innocent, mais j'ai vu dans ses yeux qu'elle le savait.

Mon père, qui se trouvait au Maroc au moment de mon arrestation, avait pris le premier avion pour la France dès qu'il avait reçu un télégramme de l'une de mes tantes qui habite à Montpellier. J'imagine comme cela avait dû être terrible pour mes parents de recevoir ce message : « Omar a été arrêté. Il est accusé de meurtre. »

Jamais je n'oublierai la première visite de mon père au parloir. C'était en début d'après-midi. Avant même qu'il ne prononce une parole, je l'ai regardé dans les yeux et je lui ai dit : « Je te le jure, papa, je ne suis mêlé en rien à cette affaire. » Il m'a simplement répondu qu'il le voyait. Puis il a ajouté : « Dieu est grand, tu ne dois pas oublier de prier. »

J'ai alors compris que la plus grande crainte de mon père était que je cesse de croire en Dieu. « Dieu n'a rien à voir dans cette affaire qui ne concerne que la justice des hommes. Jamais je n'ai cessé de prier », lui ai-je répondu.

Par la suite, mon père est venu me rendre visite deux fois par semaine. Il s'arrangeait en effet pour ne jamais manquer un parloir. Et il n'a espacé ses visites que lorsque je me trouvais à Fresnes, où il ne venait que tous les quinze jours parce que le trajet était vraiment très long. Encore m'avait-il alors promis que, si j'avais besoin de la moindre chose, il trouverait toujours le moyen de venir aussitôt. Il savait en effet combien il était important pour moi de le voir, de lui parler, d'entendre des nouvelles de ma mère qui me manquait tant. Dans ma famille, personne n'est jamais allé en prison et j'étais d'autant plus inquiet pour elle que je savais l'idée effroyable qu'elle s'en faisait. Jour et nuit, elle devait pleurer pour moi, ce qui me révoltait plus que tout.

Une fois par mois, mon père m'envoyait un mandat, ce qui me permettait de cantiner un peu de nourriture, du café, du sucre et des cigarettes – je fumais de plus en plus pour tuer le temps. Je tenais beaucoup aussi à pouvoir regarder la télé, parce que cela me permettait de suivre l'évolution de mon affaire. Avec l'argent que mon père avait économisé depuis des années, il payait aussi mes avocats, sans jamais se plaindre. Et il s'efforçait toujours de cacher sa peine et ses inquiétudes. Une seule fois, je l'ai vu pleurer. C'est le jour où il avait cru me trouver mort lorsqu'il était venu me voir à l'hôpital de Fresnes, où j'avais été transféré pendant une de mes grèves de la faim. Ce jour-là, il n'avait pas pu retenir ses larmes.

Je ne sais pas si j'aurais pu survivre sans la présence et le soutien de ce père, dans les moments de désespoir les plus terribles. Après chaque parloir, il appelait ma mère au Maroc pour tenter de la rassurer sur mon sort. Et il lui fallait parfois mentir et lui dire que je me portais bien et que je gardais le moral, même lorsque j'avais perdu vingt kilos et que j'étais sur le point de mourir. Il avait eu beaucoup de mal, au début de mon incarcération, à la dissuader de venir me rendre visite en prison. Alors qu'elle s'apprêtait à prendre l'avion pour la France, elle qui n'avait jamais même quitté son village, il avait tenu à lui décrire le parloir. « Je dois te prévenir que tu ne verras ton fils qu'à travers une minuscule fenêtre, dans une pièce d'un mètre carré. » Ma mère a compris que c'était sans doute mieux pour nous deux que nous ne nous voyions pas dans ces conditions et elle a renoncé à venir. Je ne savais pas alors qu'il me faudrait attendre près de neuf ans avant de la revoir.

Lorsque par la suite Latifa m'a amené les enfants au parloir, c'était pour moi un moment de grande émotion. De joie, bien sûr, mais de profonde tristesse, aussi. Car je ne pouvais m'empêcher de penser que les premières images que mes fils garderaient de leur père seraient celles d'un homme emprisonné et malheureux. Et en particulier Youssef qui n'avait qu'un mois lorsque j'ai été arrêté. Au début, Latifa ne venait qu'avec Karim, l'aîné, à qui on avait dit que j'étais à l'hôpital, pour le protéger. Un psychologue nous a expliqué par la suite que nous avions tort et qu'il fallait au contraire dire la vérité aux enfants. Mais nous n'avons pas eu à le faire, car Karim avait compris tout seul où je me trouvais. « Je sais que papa est en prison, pas à l'hôpital », avait-il dit à Latifa, juste au moment où elle avait décidé de lui parler. Il avait vu les clés, les uniformes des gardiens et il avait compris. Il devait alors avoir environ quatre ans. Par la suite, c'est lui qui a dit à Youssef que j'étais en prison. Et Latifa leur a expliqué longuement, à l'un puis à l'autre, que j'étais en effet en prison, mais que c'était pour un crime que je n'avais pas commis. Cela les a profondément peinés et révoltés. Ils étaient si petits ! Pour tenter de rendre moins cruels les moments où ils venaient me voir en prison, j'essayais de leur apporter des bonbons. Mais il fallait pour ça que les gardiens ferment les yeux, car il est défendu d'apporter quoi que ce soit au parloir. Je remercie donc ceux d'entre eux qui se laissaient attendrir parce qu'ils avaient compris à quel point ce petit cadeau était précieux pour nous. Quoi qu'il arrive maintenant, personne ne rendra jamais à mes enfants ces longues années passées sans leur père. Pas plus qu'on ne me rendra tous ces moments de bonheur perdus à jamais. Les premiers sourires de Youssef, ses premiers pas, les rentrées scolaires, et tout ce qui fait que petit à petit naît une complicité entre un père et ses fils. Lorsque je suis sorti de prison, j'étais un étranger pour mes enfants. On m'a privé de mon rôle de père, le plus important qui soit. Et je regrette beaucoup de ne pas avoir été là lorsque Karim, qui a le plus souffert de mon absence parce qu'il était le plus grand, a redoublé une classe. Je lui aurais alors expliqué combien il est important de bien travailler à l'école, moi qui ai tant souffert de ne pas y être allé. Les souvenirs d'enfance de Karim et Youssef resteront marqués à jamais par ce parloir triste où ils ne voyaient leur père que quelques minutes par mois. Moins encore que celles qu'elle m'a infligées à moi, je ne pardonnerai à la justice ces souffrances infligées à mes enfants.

Si je dois à ces moments à la fois si douloureux et si précieux ma survie en prison, je la dois aussi, en partie, à mes codétenus qui, pour la plupart, m'ont toujours soutenu.

Mes codétenus

Mes codétenus m'ont donné de la prison une idée bien différente de celle que j'en avais. Et j'ai découvert en les côtoyant des valeurs morales qui n'existent que rarement à l'extérieur, comme la solidarité et la générosité. Cela m'avait frappé dès le premier jour, où l'un d'entre eux avait partagé avec moi la seule cigarette qui lui restait. Il avait beau savoir qu'il lui faudrait attendre la semaine suivante pour s'en procurer, il n'avait pas hésité une seconde. Et ce qui m'avait d'abord paru exceptionnel n'avait rien d'étonnant en prison où je n'ai jamais vu, par la suite, un détenu refuser de partager quoi que ce soit avec un autre. Je ne prétends pas, bien sûr, que les détenus sont des hommes parfaits. J'ai assisté à des bagarres, mais je n'ai jamais été moi-même victime de violences. Et j'ai découvert que ces hommes qui ont commis des délits mais qui ont, pour la plupart, accepté le prix à payer ne trichent pas. C'est sans doute la raison pour laquelle ils ont toujours cru en mon innocence, sans que j'aie eu à en parler. Leur expérience de la vie leur a appris à connaître suffisamment les hommes pour savoir quand ils mentent ou quand ils trichent, ils ne sont pas dupes de ceux qui essaient de le faire.

Et dans chacune des huit centrales ou maisons d'arrêt où je suis passé, il s'est toujours trouvé des détenus pour écrire mes lettres, me lire mon courrier, la presse ou le contenu de mon dossier. Ils m'ont aussi appris ces petits riens qui adoucissent un peu le quotidien de la prison. Par exemple, comment fabriquer, à l'aide d'un tube de harissa vide et d'une demi-canette, un petit réchaud dans lequel on faisait ensuite brûler quelques Kleenex dans un peu d'huile pour faire chauffer de l'eau. Ça n'a l'air de rien lorsqu'on n'est jamais allé en prison, mais, pour nous, ce réchaud était précieux car il nous permettait de préparer des spaghettis, du café ou des œufs. Ce que mes codétenus appelaient avec un peu d'ironie, mais aussi une certaine fierté, « nos petits plats ».

Plus que le moyen d'oublier parfois le bouillon clair de la prison, c'était une façon de nous réunir pour partager quelque chose qui n'appartenait qu'à nous. Mes compagnons de cellule m'ont si bien appris à développer mon sens pratique que je crois que je serais capable aujourd'hui de survivre sur une île déserte. Mais ce qu'ils m'ont appris de plus précieux, c'est la capacité de continuer à espérer quand on croit que tout est perdu. Ce qui est arrivé souvent durant ces sept ans, deux mois et huit jours, où le juge a refusé chacune de mes demandes de mise en liberté provisoire (dix au total pendant mon incarcération), chacune des expertises à décharge pour moi et, d'une façon générale, tout ce qui apportait la preuve de mon innocence. À chaque mauvaise nouvelle, il se trouvait toujours un détenu pour m'encourager et me redonner la volonté de continuer à me battre. Et à tous, je serai éternellement reconnaissant de ce qu'ils ont fait pour moi.

Une fois seulement, alors que je me trouvais à Fresnes, je me suis éloigné d'un détenu qui était pourtant très gentil avec moi. Je savais qu'il était condamné à perpétuité, mais j'en ignorais la raison. Lorsque j'ai appris au hasard d'une conversation qu'il avait violé et tué un enfant, je n'ai plus jamais pu le regarder comme avant. J'avais le sentiment qu'en me cachant une chose aussi grave il m'avait trahi, mais je dois bien reconnaître que, s'il me l'avait avouée, je l'aurais fui de la même façon. Ce jour-là, j'ai compris pourquoi la plupart des détenus évitent de connaître les raisons pour lesquelles ces hommes qu'ils doivent côtoyer sont condamnés. Et j'ai suivi leur exemple.

Parmi tous les compagnons de cellule que j'ai croisés pour des périodes plus ou moins longues, il en est un dont le souvenir restera gravé à jamais dans ma mémoire. C'est Magid, mon « interprète », qui se trouvait dans ma cellule lorsque je suis arrivé à Grasse. Je ne l'ai malheureusement pas côtoyé longtemps, car il a été transféré quelques mois plus tard dans une autre maison d'arrêt. C'est Magid, qui, le premier, m'a lu chaque jour les articles de presse consacrés à mon affaire. Il me les expliquait, les commentait. Ce qu'il y découvrait le scandalisait tellement qu'il essayait désespérément de m'aider à trouver ce qu'il appelait des alibis. « Il y a certainement un détail auquel tu n'as pas pensé pendant ta garde à vue. La moindre petite chose peut avoir une grande importance, m'expliquait-il. Souviens-toi de chaque endroit où tu es passé le dimanche. Tu es bien allé dans des magasins, tu as croisé des gens qui ont peut-être remarqué ta présence. » Je lui répétais ce que j'avais fait ce jour-là, minute après minute, faisant, comme il me le demandait, de gros efforts pour essayer de me rappeler le moindre détail. Mais le seul magasin où j'étais allé était la boulangerie, et j'en avais déjà parlé aux gendarmes. Ce que je lui ai dit. « Cherche encore ! » m'encourageait-il. Et je recommençais à raconter ma journée, répétant point par point ce que je venais de lui dire. Ce qui me décourageait plus que lui, qui restait persuadé que j'allais bien finir par me souvenir de quelque chose d'important. Il avait raison. Alors que je racontais pour la énième fois mon parcours de chez Mme Pascal à chez moi, le dimanche à midi, je me suis rappelé un détail auquel je n'avais pas pensé jusqu'alors, et dont je n'avais donc pas parlé aux gendarmes : En rentrant de déjeuner, j'avais appelé Latifa d'une cabine téléphonique proche de chez moi pour lui confirmer que je viendrais le lendemain à Toulon. Magid était surexcité. « Tu as appelé d'une cabine et tu ne l'as pas dit ! » Il m'a alors expliqué que ce détail était très important puisqu'il prouvait que j'étais bien rentré chez moi, à l'heure où on m'accusait d'avoir commis le crime. « Les gendarmes pourront vérifier l'heure exacte de cet appel sur les fichiers informatiques de France Telecom. Ils sauront aussi de quelle cabine tu as appelé, et comme elle se trouve près de chez toi, ça prouve bien que tu es rentré déjeuner ! On va tout de suite écrire une lettre au juge pour qu'il te libère. Tu es sauvé ! »

C'était ce qu'il croyait. Ce que j'ai cru aussi. C'était en fait la première d'une interminable liste de déceptions. Car si les gendarmes ont en effet vérifié que j'avais bien appelé ma femme, le dimanche à 12 h 51, de la cabine n° 407, située au Cannet, à quelques centaines de mètres de mon domicile, la précision a laissé le juge Renard, désormais en charge de l'enquête, totalement indifférent. Pour lui, le fait que je sois rentré chez moi à midi pour déjeuner m'avait laissé le temps de commettre le crime dont il m'accusait. Magid et moi, on ne pouvait y croire. Comment le juge pouvait-il penser, en son âme et conscience, que j'avais pu commettre un tel crime en si peu de temps ? J'étais anéanti. C'est Magid qui m'a redonné courage. « Aucun juge n'a le pouvoir de maintenir un innocent en prison. Tu vas sortir ! » me répétait-il. Et je recommençais à espérer. Je garde de Magid, et de tous ceux qui comme lui m'ont aidé, un souvenir très ému. Je crois que, sans eux, je serais sans doute devenu fou. Et je pense souvent à eux.

Reconstitution du crime

À la demande de mes avocats (un deuxième avocat, Me Baudoux, dont on m'avait dit beaucoup de bien en prison, assurait en effet désormais ma défense, aux côtés de Me Girard), le juge avait enfin accepté de procéder à la reconstitution du crime, plus de sept mois après mon arrestation. Depuis longtemps déjà, mes avocats voulaient apporter au juge la preuve que c'était l'assassin lui-même qui avait bloqué la porte de la cave de l'extérieur pour faire croire que c'était Mme Marchal qui avait écrit la phrase qui m'accusait. Et non, comme le défendait la thèse des gendarmes, Mme Marchal elle-même, à l'aide d'un lit de camp et d'une barre de fer, pour se protéger d'un éventuel retour de son agresseur.

Je me souviens qu'il faisait frais, ce 18 février 1992, jour où les gendarmes m'ont emmené en fourgonnette devant la maison de Mme Marchal. Le juge Renard, le procureur et son adjoint, l'avocat général, l'avocat de la partie civile, Me Leclerc, mes avocats, des journalistes et les enquêteurs s'y trouvaient déjà lorsque je suis arrivé. Le juge Renard s'est approché de moi pour me demander de participer à la reconstitution du crime. Bien entendu, j'ai refusé. Non pas, comme cela a été dit, sur le conseil de mes avocats, dont je n'avais pas besoin pour prendre cette décision, mais parce que cette affaire ne me concernait pas. C'est d'ailleurs ce que j'ai répondu au juge qui me demandait la raison de mon refus.

J'ai donc passé le temps de cette reconstitution à attendre, plusieurs heures, dans la fourgonnette de la gendarmerie, et je n'en connais donc que ce que mes avocats m'en ont dit par la suite. Ils avaient, m'ont-ils raconté, apporté la démonstration qu'il était possible d'installer facilement le lit de l'extérieur de la cave. Ce qui apportait la preuve que ce n'était pas Mme Marchal qui avait refermé la porte derrière l'assassin, mais bien l'assassin lui-même.

Voici ce qu'ils avaient alors déclaré au journal *Nice-Matin* : « La démonstration a été faite que l'on pouvait abaisser le lit en fer en fermant la porte derrière soi et faire croire, ainsi, que la victime s'était barricadée à l'intérieur de la chaufferie avant de succomber à ses blessures. Nous avons fait placer le lit de telle manière qu'il s'appuie contre la porte. En refermant celle-ci lentement, le lit est tombé contre la porte qui s'est retrouvée ainsi bloquée de l'intérieur par ce même lit. Le bruit du lit retombant a produit un silence gêné. »

Tellement gêné que les gendarmes ont subitement changé la version de l'ouverture de la porte qu'ils avaient donnée dans leur premier procès-verbal. Alors que, dans cette déclaration, le blocage n'était constitué que du lit pliant et d'une barre de fer posée sur le sol, les gendarmes ajoutaient maintenant la présence d'un chevron de bois au mécanisme de blocage. Autrement dit, ils avaient, une fois de plus, produit un mensonge lorsqu'ils avaient compris que leur démonstration ne tenait plus. Mes avocats m'avaient d'ailleurs expliqué que les gendarmes eux-mêmes avaient reconnu que ce nouveau dispositif opposait une résistance plus forte à l'ouverture de la porte que celle qu'ils avaient décrite dans leurs premiers procès-verbaux. Et pour cause.

Voici ce qu'ont déclaré Mes Girard et Baudoux, à propos de cette reconstitution : « Nous avions été effarés de constater que les gendarmes qui avaient procédé aux premières constatations au moment de la découverte du corps de Mme Marchal ne tenaient pas le même langage le jour de la reconstitution que celui qu'ils avaient tenu, et que nous connaissions puisqu'il était consigné dans les procès-verbaux, le jour de la découverte du corps. Comme si, rapidement, du côté de la gendarmerie, sachant qu'une reconstitution allait se dérouler, on s'était aperçu que le lit était facile à positionner de l'extérieur, en donnant l'impression qu'il l'avait été de l'intérieur, et qu'il fallait plus. Plus, c'était peut-être la barre de fer et le chevron[1]. »

Scandalisés par ce qu'ils considéraient comme une « gravissime dénaturation de la vérité », mes avocats ont déposé après cette reconstitution une quatrième demande de mise en liberté, qui a été rejetée, comme les autres. Et lorsqu'ils ont fait appel

1. Me Baudoux pour le film, *Le Procès K Omar Raddad*, réalisé par Saad Salman, diffusé sur Canal + le 10 décembre 1998.

de cette décision, le 18 mars suivant, ils ont accusé les gendarmes d'avoir triché, ce qui représentait une accusation grave. Ils n'ont pourtant jamais été poursuivis, comme ils s'attendaient à l'être. Sans doute les gendarmes ne tenaient-ils pas à trop attirer l'attention sur ce mensonge que leur reprochaient mes avocats. Lors de cette reconstitution, mes avocats avaient par ailleurs fait observer au juge que Mme Marchal, qui se vidait de son sang après avoir reçu quinze coups de couteau, n'avait pas pu trouver la force d'écrire la phrase « OMAR M'A TUER », puis, à six mètres et demi de là, encore « OMAR M'AT » (le tout, parfaitement écrit), avant de se traîner jusqu'à la porte de la cave pour la bloquer à l'aide d'un lit de camp, d'une barre de fer et, désormais, d'un chevron de bois ! Mais le juge s'en est tenu à cette thèse, celle des gendarmes.

Mes juges

Rien n'a jamais pu faire vaciller la conviction du juge Renard qui se débarrassait avec une facilité déconcertante de tout ce qui m'innocentait. C'est lui qui a malheureusement instruit la quasi-totalité de mon affaire. Car si quatre juges se sont succédé, je n'ai pour ainsi dire pas vu les trois autres. Mme Sylvaine Arfinengo ne m'a accordé que quelques minutes, qu'elle a jugées suffisantes pour me faire signer mon premier mandat de dépôt. C'est aussi elle qui a donné à la famille de Mme Marchal l'autorisation de faire incinérer le corps, une semaine seulement après sa découverte. Après quoi elle est partie en congé de maternité, et je ne l'ai jamais revue. Le juge Gatte, qui a assuré son intérim, mais que je n'ai pas même rencontré, a juste eu le temps de refuser la demande de mise en liberté provisoire que lui avait envoyée mon premier avocat, Me Girard, dans une lettre datée du lundi 29 juillet 1991. Dans cette lettre, mon avocat se plaignait que le résultat de l'expertise en écriture soit si long à venir. Le juge Gatte n'avait tout simplement pas jugé utile de le communiquer, se contentant de l'envoyer à Me Leclerc, l'avocat de la famille de Mme Marchal.

Je n'ai rencontré qu'une fois le juge Coutton, le temps de lui affirmer que j'étais innocent et que les procès-verbaux que les gendarmes m'avaient fait signer sans interprète n'avaient rien à voir avec ce que je leur avais déclaré. Il n'en a pas tenu compte et s'est contenté de clore le dossier et de l'envoyer à la chambre d'accusation d'Aix-en-Provence.

Quant au juge Renard, il a instruit uniquement à charge contre moi, refusant systématiquement tout alibi, toute preuve, tout témoignage, et même toute expertise qui aurait pu m'innocenter.

À commencer par l'analyse de mes vêtements, dont les résultats n'ont été communiqués que le 11 octobre, alors que le juge Arfinengo l'avait demandée au début du mois de juillet. Les experts n'y avaient trouvé aucune trace de sang. Et ils n'avaient pas davantage trouvé la moindre particule du sol de la cave sur mes chaussures. (Pas plus qu'ils n'avaient trouvé, dans la cave, la moindre trace provenant du jardin de Mme Pascal, où j'avais pourtant travaillé toute la journée.) Le juge lui-même m'avait alors convoqué dans son bureau, en présence de l'interprète qu'il avait enfin consenti à m'accorder et de mes deux avocats, pour me lire ce rapport. Mais il était resté sur sa position, refusant toujours de me laisser sortir de prison. J'étais cette fois encore terriblement déçu, car tout le monde m'avait expliqué que mon sort dépendait de ces résultats. « S'ils sont négatifs, le juge ne pourra plus rien contre toi », m'avaient assuré mes codétenus. Lorsque je leur ai dit que le juge avait décidé de me maintenir malgré tout en prison, ils m'ont avoué que tout cela les dépassait. « Ce juge est fou ! » répétaient-ils. De leur côté, mes avocats avaient reconnu, lorsqu'ils étaient venus m'informer de la décision du juge, qu'ils n'avaient jamais vu une chose pareille. Mais ce n'était pas tout ! Ils avaient d'autres mauvaises nouvelles pour moi, ce jour-là. Les gendarmes, sans doute un peu gênés par ce rapport qui allait à l'encontre de leur version, avaient redoublé de zèle pour trouver, au moins, un mobile au crime. L'enquête qu'ils avaient réalisée auprès de mes proches et de mes autres employeurs aboutissait en effet à la même conclusion : je m'entendais très bien avec ma patronne, elle me payait bien et je n'avais strictement aucune raison de la tuer. Pas de mobile donc. Mais il en fallait un. Et les gendarmes l'avaient trouvé, ou du moins, c'est ce qu'ils prétendaient. Ils affirmaient que j'avais vendu une chaîne appartenant à Latifa. Elle l'avait en réalité perdue fin mai 1991, probablement à la maternité.

Ils avaient retrouvé la trace d'une vente chez un bijoutier de Cannes, datant du 30 mai 1990 ! Un an auparavant, donc. Mais les gendarmes ne s'embarrassaient pas de ce genre de détails. Et leur raisonnement devenait très simple : J'avais vendu un bijou volé par besoin d'argent, et c'est pour la même raison que j'avais tué Mme Marchal.

Les gendarmes prétendaient en effet qu'il manquait une somme d'environ 3 000 francs dans son sac. Rien n'était pourtant moins sûr, car si les gendarmes avaient constaté qu'elle avait retiré à la banque la somme de 5 000 francs quelques jours avant le crime, ils savaient aussi que Mme Marchal avait payé entre-temps sa femme de ménage en liquide, comme elle en avait l'habitude, et qu'elle avait fait des achats à Mougins. Et pourquoi, si, comme ils le prétendaient, j'avais tué pour l'argent, n'avais-je pas volé la montre de valeur que Mme Marchal portait au poignet et ses bijoux ?

Pourquoi, aussi, puisqu'il était question de vol, n'avait-on pas interrogé la femme de ménage, au moins sur ce sujet, puisque Mme Marchal la soupçonnait de plusieurs vols d'argent ou d'objets qui avaient disparu de chez elle ? (Les gendarmes ne pouvaient pourtant pas l'ignorer, puisque c'est le propre fils de Mme Marchal, Christian Veilleux, qui le leur avait dit lorsqu'il avait été entendu comme témoin.)

Les gendarmes avaient par ailleurs découvert que j'avais retiré de mon compte en banque la somme de 80 000 francs en deux ans, et ils en avaient conclu, sans aucun complément d'enquête, que je les avais dépensés pour jouer au casino. En réalité, cet argent appartenait à mon frère Mohamed qui, n'ayant pas lui-même de compte en banque parce qu'il travaillait au noir, déposait son argent sur mon compte. Chaque fois qu'un proche retournait au pays, il me demandait donc de retirer pour lui de l'argent qu'il envoyait à la famille. J'étais si désorienté par toutes ces accusations que je ne m'étais pas souvenu que, le jour où j'étais accusé d'avoir vendu une chaîne, je me trouvais au Maroc, ce dont je m'étais rappelé, cette fois encore, grâce à un détenu. « La première chose à faire lorsqu'on est accusé à tort est de retrouver ce qu'on faisait au moment du prétendu délit, m'avait-il expliqué. Le tampon que les policiers ont mis sur ton passeport lorsque tu as passé la frontière est une preuve indiscutable de ta présence au Maroc. » Quand le juge m'a fait venir dans son bureau, quelques jours plus tard, j'étais donc persuadé que c'était pour reconnaître son erreur. Il en reconnaissait bien une, mais elle était d'un tout autre ordre. Je n'avais plus vendu mais acheté ce bijou ! La façon dont le juge tentait de déplacer le problème m'échappait vraiment. Je ne voyais pas, en effet, comment je pouvais davantage avoir acheté que vendu un bijou dans un endroit où je n'étais pas (en France alors que je me trouvais au Maroc). Et les dates ne correspondaient pas mieux. Et je me suis demandé pour la première fois si la crainte du juge de voir son coupable lui échapper n'était pas en train de le rendre fou. Il s'est peut-être fait la même réflexion que moi puisqu'il n'a plus jamais été question de cette histoire de bijou qui ne figure même plus dans mon dossier.

Je commençais alors à vraiment perdre courage, car je devais bien me rendre à l'évidence que juge et gendarmes – dont je découvrais les nouvelles accusations contre moi presque chaque jour dans la presse – s'acharnaient contre moi. Pour renforcer leur mobile, qu'ils trouvaient peut-être un peu fragile, ils m'accusaient maintenant de fréquenter les prostituées. (Un mot dont j'ai découvert le sens lorsque je l'ai demandé au codétenu qui me lisait l'article.) C'est alors seulement que j'ai compris pourquoi les enquêteurs s'étaient donné tant de mal pour me faire avouer un tel mensonge, réussissant même à me faire dire que je payais 700 francs pour une simple relation !

Cette accusation divulguée dans les journaux a sali mon honneur et m'a profondément choqué parce qu'elle est fausse. Je suis marié et je n'ai jamais éprouvé le besoin d'aller voir ce genre de femmes. J'avais d'ailleurs alors demandé à rencontrer le juge pour m'en plaindre. Voici ce que je lui ai dit quand il m'a reçu le 9 avril 1992, en présence d'un interprète : « Lorsque j'ai été interpellé par les gendarmes et que j'ai été interrogé, je leur ai précisé que je ne maîtrisais pas complètement la langue française et il est certain que, si j'ai compris certaines des questions qui m'étaient posées, je suis sûr que des choses ont dû m'échapper. En outre, lorsque les gendarmes m'ont demandé de signer le procès-verbal, j'ai accepté de le faire sans savoir ce que je signais. Je voudrais aussi ajouter que j'ai été sali dans la presse par une vente de bijou que je n'ai pas effectuée. De même que je me demande pourquoi on a indiqué dans la presse que je fréquentais les prostituées. Je voudrais savoir qui a pu fournir ces informations à la presse. »

Mais tout cela laissait le juge Renard tellement indifférent qu'il ne se donnait même pas la peine de me répondre. Qu'importait à ce juge mon honneur, lui pour qui ma vie n'avait aucune valeur ? Je pense même qu'elle l'encombrait et que ma mort l'aurait bien arrangé. Je l'ai compris beaucoup plus tard, lorsque j'ai décidé de renoncer à ma grève de la faim alors que je ne pesais plus que quarante kilos et que le médecin m'avait prévenu que, si je n'arrêtais pas, j'allais mourir. Lorsque le médecin a informé le juge de cette décision, celui-ci s'est contenté de lui poser une seule question : « Pourquoi ? » Comme s'il était déçu. C'est le sentiment que j'ai eu. Et je pense que le médecin a eu le même. Le juge semblait très ennuyé que je renonce si près de ce qu'il croyait être mon but.

Dix ans plus tard, le 4 juillet 2001, j'ai appris en regardant le journal télévisé que le juge Renard avait été placé en garde à vue pour avoir transmis à des membres de la franc-maçonnerie des documents confidentiels. Quelques mois plus tard, il était de nouveau mis en cause dans l'affaire Kamal[1].

1. Karim Kamal s'était plaint que le juge Renard rejette systématiquement ses démarches pour dénoncer un réseau pédophile dont, affirmait-il, sa fille avait été victime avec la complicité de son ex-femme. Alléguant de « persécutions » à

Des juges et des avocats se sont offusqués, non du fait qu'un juge puisse être accusé de choses aussi graves, mais qu'il puisse être placé en garde à vue, comme tout le monde. Ce qui m'a choqué, moi, c'est qu'un juge puisse ne pas avoir à rendre compte de ses actes devant la justice. Il me semble que les juges devraient, au contraire, être jugés beaucoup plus sévèrement que les hommes ordinaires, eux qui connaissent si bien le droit et dont le rôle est de montrer l'exemple.

On a laissé au juge Renard le droit de briser ma vie. Et il faudra bien qu'un jour il s'en explique devant la justice. Celle des hommes, ou celle de Dieu, car s'il échappe à la première, il n'échappera pas à la seconde. Je n'ai ni à m'en réjouir, ni à le regretter. Mais je ne pardonnerai jamais à cet homme, qui, j'en suis persuadé, me savait innocent, de s'être acharné de cette façon contre moi, sans l'ombre d'une preuve. (Ce qu'il a d'ailleurs lui-même reconnu puisque, dans le film *Le Procès K Omar Raddad*[1], il déclare : « Je n'ai aucune preuve contre Omar mais Mme Marchal a laissé un testament… »)

Je peux d'autant moins pardonner au juge Renard ce qu'il m'a infligé qu'en me condamnant il a aussi condamné ma mère, mon père, mes enfants, ma femme, à des souffrances dont ils ne se remettront jamais.

---

son encontre de la part du juge Renard, qu'il accusait de vouloir protéger des personnalités niçoises, il a obtenu l'asile politique aux États-Unis en novembre 2001. [Note de l'éditeur]

1. *Op. cit.*

Mes grèves de la faim

Voyant que le juge refusait de m'entendre, comme il refusait d'entendre mes avocats, je n'ai pas trouvé d'autre moyen pour me défendre que d'entamer une première grève de la faim. C'était le 18 novembre 1991, et j'ai informé le juge de cette décision par une lettre datée du 23 novembre 1991. Je me sentais si désemparé que j'étais maintenant prêt à risquer ma vie, pour qu'on accepte seulement de m'entendre.

Au manque de sommeil (depuis le début de mon incarcération, je ne dormais tout au plus que deux ou trois heures par nuit) venait s'ajouter le manque de nourriture. Je m'étais donc énormément affaibli. Comme je n'avais plus la force d'assister à la promenade, je ne bougeais plus de ma cellule où je ressassais à longueur de temps les événements incompréhensibles qui m'étaient arrivés. Souvent je me réveillais la nuit, et comme je n'arrivais pas à me rendormir, je regardais pendant des heures les minuscules fenêtres grillagées de ma cellule. Je ne parvenais pas à chasser leur image, même lorsque je fermais les yeux, et j'en devenais presque fou. Une nuit où mes deux codétenus dormaient profondément, je me suis senti si seul et si malheureux que j'ai perdu la tête. Je ne pouvais plus supporter de voir ces barreaux et ces grillages. Ils m'étaient devenus insupportables au point que j'ai décidé de mettre le feu à la cellule. Avec quelques journaux et des allumettes, j'ai enflammé ma couverture. Je ne savais plus ce que je faisais.

Heureusement, la fumée a réveillé mes codétenus qui ont aussitôt éteint le feu et appelé à l'aide. Le chef est arrivé, accompagné de plusieurs surveillants. (Après 19 heures, un surveillant n'a en effet plus le droit d'ouvrir seul la porte d'une cellule.) Je leur ai tout de suite dit que c'était moi qui avais allumé le feu. Et j'ai essayé de leur expliquer ce que je ne m'expliquais pas moi-même : « Je ne sais pas ce qui s'est passé dans ma tête, mais je me sens mal. Je ne peux plus supporter d'être ici alors que je suis innocent. »

Les gardiens m'ont alors regardé d'un air embarrassé. Ils semblaient ne pas trop savoir comment réagir et se demandaient ce qu'ils allaient bien pouvoir faire de moi.

« Enfermez-moi au cachot ! leur ai-je demandé, parce que je craignais que cette folie me reprenne.

– Calme-toi, Raddad ! » m'a dit le chef.

Il m'a donné des tranquillisants. Puis on m'a conduit au cachot, comme je l'avais demandé. J'ai eu le sentiment que les surveillants avaient compris mon désarroi. Mais leur rôle était de maintenir l'ordre dans la prison, pas d'être à l'écoute des angoisses des détenus. Lorsque j'ai regagné ma cellule, le lendemain matin, je me suis excusé auprès de mes codétenus. Je leur ai dit que je regrettais ce que j'avais fait et que j'espérais qu'ils ne m'en voulaient pas. J'ai senti qu'ils comprenaient mon désespoir eux aussi. « Si on n'avait pas senti l'odeur de brûlé, on était tous morts », m'a tout de même fait remarquer, à juste titre, l'un d'entre eux.

Quelques jours plus tard, le médecin de la prison est venu me prévenir que mon état l'obligeait maintenant à me transférer à la prison-hôpital de Fresnes où on m'a emmené en ambulance. Je n'avais aucun moyen de prévenir mon père. Et lorsqu'il a appelé à Grasse pour demander de mes nouvelles et qu'on lui a répondu que j'avais été transféré à Fresnes, il a été pris de panique et il a cru qu'une chose terrible était arrivée. Il a donc aussitôt pris l'avion pour venir me voir à Fresnes.

Je me souviens que j'étais obligé de m'appuyer contre le mur pour me rendre au parloir. Et ma tête tournait tellement que j'avais dû, à plusieurs reprises, m'accroupir quelques instants pour éviter de tomber. Jamais je n'oublierai l'expression du visage de mon père lorsqu'il m'a vu. J'étais devenu si maigre que je devais faire peur à voir.

« Père, est-ce que ça va ? » lui ai-je demandé doucement, alors qu'il gardait le silence.

Il s'est alors mis à pleurer. Jamais je n'avais vu mon père pleurer.

« J'ai eu peur de te trouver mort !

– Tu sais bien que je ne veux pas mourir, lui ai-je répondu. Mais je n'ai aucun autre moyen de prouver mon innocence.

– Dieu est grand, m'a-t-il alors dit. Tu n'as pas le droit de mettre ta vie en danger. »

Je n'avais pas le droit non plus de faire souffrir mon père de la sorte. Et le jour même, le 23 décembre, j'ai prévenu le directeur de l'hôpital et Me Baudoux de ma décision d'interrompre ma grève de la faim. J'ai aussi demandé à retourner à Grasse afin de me rapprocher de ma famille. Le lendemain, le médecin de la prison est venu me voir pour me dire qu'il avait prévenu le juge de mon intention de renoncer à ma grève de la faim. Après un instant d'hésitation, il a ajouté qu'il lui avait demandé la raison de cette décision. Comme je l'ai dit plus haut, il semblait comme moi très surpris par cette réaction du juge que la nouvelle semblait décevoir. Pour répondre à la question du juge, j'ai demandé à ce médecin de lui transmettre que je n'avais pas du tout envie de mourir, mais que, s'il ne me laissait pas sortir de prison d'ici deux mois, je recommencerais et que, cette fois, j'irais jusqu'au bout. « Je sortirai de prison, vivant ou mort ! » ai-je ajouté.

Quinze jours plus tard, je prenais le train pour Grasse, accompagné de deux gendarmes. Comme ils n'avaient pas voulu s'embarrasser de mon paquetage, que je ne pouvais pas porter à cause des menottes, j'ai dû payer 300 francs pour le récupérer une semaine plus tard.

Chaque jour, j'espérais que mes avocats allaient m'annoncer que le juge avait cette fois accepté ma demande de mise en liberté provisoire (la quatrième), mais au lieu de ça j'ai reçu un nouveau refus. Quelques mois après mon retour de Fresnes, le 16 avril 1992, j'ai donc décidé d'entamer, comme je l'avais promis au juge, une nouvelle grève de la faim.

J'étais horriblement malheureux de faire de la peine à mon père mais comment protester autrement du fond de ma cellule où je n'avais aucun droit, hormis celui de refuser de me nourrir. Comme j'étais encore affaibli par ma précédente grève de la faim, on m'a transféré cette fois à l'hôpital de la prison de Nice. Au début, le médecin venait m'examiner deux fois par semaine, puis trois fois, puis presque chaque jour. Il essayait de me convaincre de me réalimenter en me répétant que, si je continuais comme ça, je risquais de mourir. J'avais perdu vingt kilos et le médecin avait demandé à ce que l'on me fasse des prélèvements sanguins presque chaque jour. Jusqu'à ce que je décide de refuser de voir ce médecin. Non qu'il me soit antipathique, bien au contraire, mais j'avais réfléchi que le mal dont je souffrais n'avait rien à voir avec la médecine et qu'un médecin ne pouvait donc rien pour moi.

Un vieux monsieur qui se trouvait dans la même chambre que moi me lisait les nombreuses lettres que je recevais chaque jour de France, des pays du Maghreb, mais aussi d'Angleterre et des États-Unis. Car si le juge restait indifférent à ma grève de la faim, ce n'était pas le cas de centaines de gens qui avaient lu dans les journaux que j'avais perdu vingt kilos. Ils m'écrivaient pour me dire que cela les touchait beaucoup, qu'ils n'avaient jamais douté de mon innocence et que j'avais le soutien de l'opinion publique. Je recevais des poèmes, des dessins et des lettres d'enfants qui me disaient que je devais recommencer à manger. J'étais à la fois très ému et surpris de constater que, à des milliers de kilomètres de ma cellule, il y avait des personnes qui connaissaient mon histoire et qui s'inquiétaient de mon sort. Cela me rassurait de constater que des gens de milieux différents, de pays différents et d'opinions différentes croyaient tous en mon innocence. Ces lettres ont été très importantes pour moi dans ces moments où j'étais si affaibli et désespéré, et je continuais à penser aux gens qui me les avaient envoyées longtemps après qu'on me les avait lues. J'essayais de me les imaginer, et je me sentais moins seul face au juge.

C'est à la même époque que j'ai reçu la visite du consul général du royaume du Maroc à Marseille. Il voulait, lui aussi, essayer de me convaincre de renoncer à ma grève de la faim. « Tu sais que c'est un péché très grave, pour un musulman, de se laisser mourir de faim. Tu as le devoir de recommencer à te nourrir », m'avait-il dit. Je lui ai répondu que je savais que la religion musulmane interdisait de maltraiter son corps de quelque façon que ce soit, que j'y pensais sans cesse, mais que je ne pouvais malheureusement pas faire autrement. « Chaque jour, je demande pardon à Dieu, ai-je ajouté. Je crois que Dieu a vu ma souffrance et qu'il m'a peut-être pardonné. Je l'espère, en tout cas, de tout mon cœur. »

Mon père me suppliait lui aussi en pleurant de recommencer à manger. Ses larmes me faisaient mal. Jamais je n'aurais imaginé une seconde devoir un jour désobéir à mon père et le laisser souffrir. Mais on ne me laissait pas le choix.

Non seulement je n'ai pas renoncé à ma grève de la faim, mais j'ai décidé de me priver aussi de boire. Le juge ne s'est alors bien entendu pas manifesté, mais le médecin est venu m'expliquer ce que je risquais. « Tu ne sais donc pas que boire est encore plus vital que manger ? m'a-t-il demandé. Tes reins sont en train de subir des dommages si graves qu'on ne pourra bientôt plus rien pour toi ! » J'ai compris que j'étais en danger de mort et j'ai recommencé à boire, car comme je l'ai déjà dit, je ne voulais pas mourir.

Peu après, le juge m'a rendu visite, lui aussi. Lorsqu'on m'a annoncé qu'il se déplacerait jusqu'à l'hôpital, je n'en croyais pas mes oreilles. Et j'avais presque des regrets de l'avoir jugé si cruel. C'était le 16 juin 1992. Je me demande encore comment j'ai réussi, ce jour-là, à marcher jusqu'au bureau où il m'attendait. La joie, sans doute. Car si le juge s'était déplacé jusqu'à l'hôpital pour me rencontrer, je pensais que c'était forcément pour m'annoncer qu'il me libérait.

On m'a fait entrer dans le bureau où il était en train de parler avec l'avocat général et mes deux avocats. Un interprète était là aussi. Ils ont continué à parler ensemble quelques instants, puis le juge s'est tourné vers moi, et il m'a demandé de signer un mandat de dépôt d'un an. Tout s'est alors mis à tourner autour de moi. Ce juge voulait décidément ma mort. Comment avais-je pu être assez naïf pour espérer autre chose ? Cette fois, j'ai refusé de signer.

L'expérience avait fini par m'apprendre qu'il ne faut pas signer tous les papiers qu'on vous tend, même lorsqu'ils viennent d'un juge. Je suis ressorti du bureau sans un mot et j'ai regagné ma chambre. Le vieux monsieur qui la partageait avec moi m'attendait lui aussi avec impatience. Comme moi, il était persuadé que le juge allait m'annoncer qu'il me libérait. Lorsqu'il m'a vu, il a compris que ce n'était pas le cas. Il semblait presque aussi désespéré que moi et ne savait pas quoi me dire. Comme il voulait essayer de comprendre la décision du juge, il m'a proposé, quelques jours plus tard, de lire les raisons que celui-ci invoquait pour rejeter ma dernière demande de sortie provisoire. Lentement, il m'a lu ces mots que je finissais par connaître par cœur :

> Attendu que : de multiples investigations et expertises sont en cours, que les premiers résultats des vérifications effectuées confirment la mise en cause de l'inculpé ; qu'il y a lieu de prévenir tout contact frauduleux, toutes pressions, toute disparition d'indices matériels ; que par ailleurs, les faits ont gravement troublé l'ordre public ; qu'eu égard aux pénalités encourues, il convient de s'assurer de la représentation en justice de l'inculpé. La détention provisoire de l'inculpé est l'unique moyen : – de conserver les preuves ou les indices matériels ; – d'empêcher une pression sur les témoins, et elle est nécessaire : – pour préserver l'ordre public du trouble causé par l'infraction, pour garantir le maintien de l'inculpé à la disposition de la justice.

On avait beau m'avoir expliqué à maintes reprises le sens de ces mots, je ne comprenais pas ce qu'on prétendait craindre de ma part :

– Quels indices matériels aurais-je pu faire disparaître ? Les gendarmes s'en étaient déjà chargés depuis longtemps.

– Sur quels témoins aurais-je bien pu exercer une pression ? Les mensonges des témoins à charge contre moi avaient déjà été soigneusement recueillis et même transformés lorsqu'ils n'étaient pas suffisamment convaincants. Quant aux autres témoins, les gendarmes les avaient écartés, allant jusqu'à renvoyer l'un d'entre eux en Tunisie, ou, lorsqu'ils ne le pouvaient pas, ils avaient essayé de les intimider.

« Lorsque j'ai voulu témoigner que le dimanche 23 juin 1991, entre 12 heures et 13 h 20, je discutais avec mon ami M. Goldstein, dans l'unique allée qui monte à La Chamade et que, si Omar était passé avec sa mobylette pétaradante, je n'aurais pas manqué de le voir, j'ai été reçu par les gendarmes comme un chien dans un jeu de quilles[1] », a déclaré à une journaliste M. Christian Vellard, un voisin de Mme Marchal. Ce témoignage a valu à M. Vellard d'être placé sur écoute téléphonique, comme l'ont été mes employeurs, Mme Pascal, Mme Muller et M. Sheriff, tous considérés comme suspects parce que leurs déclarations m'étaient favorables. Voilà pour les témoins.

Et pour ce qui est de rester à la disposition de la justice, qui mieux que le consul général du royaume du Maroc pouvait s'en porter garant pour moi ? Le

1. Sylvie Lotiron, « Omar Raddad a passé plus de sept ans en prison. Pour rien ? », *VSD*, 20 août 1998.

juge Renard craignait-il que je rentre au Maroc pour me cacher dans la montagne, loin de ma femme et de mes enfants ? Et pensait-il que le consul prendrait le risque de protéger ma fuite ? Je connaissais la conclusion. Toujours la même : « REJETONS en l'état la demande de mise en liberté de RADDAD Omar. » Le vieux monsieur, qui avait suivi toute mon affaire, était scandalisé et accusait le juge : « Il n'a aucune raison de te maintenir en détention ! Ton dossier est vide ! Comment un juge peut-il se permettre une chose pareille ? Jamais je n'ai vu ça ! » C'est à ce moment-là qu'il m'a parlé de Me Vergès. Ce qu'il lisait l'étonnait tant qu'il mettait en doute l'efficacité de mes avocats. Sur un petit bout de papier, il a écrit un nom : Jacques Vergès. Et il m'a dit que c'était l'un des plus grands avocats français. Dès que j'ai vu mon père, je lui ai remis le bout de papier. Latifa a cherché son adresse dans l'annuaire et mon père s'est donc rendu à son cabinet, à Paris, avec M. Sheriff. Il lui avait en effet demandé de l'accompagner parce qu'il était un peu intimidé de rencontrer un homme si célèbre. C'est de cette façon que Me Vergès est devenu mon avocat.

Peu après, j'ai décidé de renoncer cette fois encore à ma grève de la faim. Peut-être parce que la perspective d'être défendu par un grand avocat m'avait redonné de l'espoir, mais surtout parce que la lecture des motifs invoqués par le juge pour refuser toutes mes demandes de sortie avait fini de me convaincre que mes grèves de la faim le laissaient indifférent. Tout autant que ma mort. Peut-être même le réjouissaient-elles.

J'avais aussi pensé à mon père qui s'inquiétait tellement que je voyais son visage se creuser un peu plus à chaque visite. À Latifa que je n'avais pas le droit d'abandonner avec les enfants. À ma mère qui m'aimait tant. Et j'ai décidé de consacrer le peu d'énergie qu'il me restait à reprendre des forces pour vivre. Cette fois, j'en avais fini avec les grèves de la faim qui n'avaient servi qu'à me faire du mal à moi et aux gens que j'aime. Comme la fois précédente, j'ai demandé à quitter l'hôpital au plus vite, et j'ai dû signer une décharge au médecin qui jugeait mon état trop faible pour retourner à Grasse. Je ne tenais pas debout, mais il me fallait quitter au plus vite l'hôpital qui n'est pas un endroit où l'on se bat, sauf contre la maladie. Je remercie Dieu d'avoir permis que je retrouve rapidement mes forces.

Les dysfonctionnements de l'enquête

J'ai déjà évoqué un certain nombre de dysfonctionnements. Ils ont été très nombreux durant cette enquête. Mais l'un d'entre eux m'a particulièrement choqué : c'est celui du changement de la date de mort de Mme Marchal, que les trois médecins légistes ont subitement fait passer du lundi 24 juin entre 11 heures et 14 heures, jour où je me trouvais incontestablement chez ma belle-mère à Toulon, au dimanche 23 juin, à la même heure. « Tu vois, on t'avait bien dit qu'il suffisait d'attendre le résultat des expertises des légistes ! Tu es libre ! » m'avaient dit mes codétenus quand mes avocats m'avaient annoncé les premiers résultats au parloir.

Lorsque ceux-ci sont revenus quelques jours plus tard, pour me rendre compte de leur visite au juge à qui ils avaient aussitôt demandé ma libération, leurs visages étaient pourtant tendus. Et ils osaient à peine me répéter ce que leur avait répondu le juge. C'est Me Baudoux qui a parlé le premier : « Le juge nous a dit qu'il voulait d'abord vérifier avec les médecins s'ils ne s'étaient pas trompés de date, celle-ci ne correspondant pas aux conclusions des gendarmes. » Nous étions tous les trois abasourdis. Et lorsque, un mois et demi plus tard, mes avocats m'ont informé que le juge avait reçu une lettre, signée des trois médecins, indiquant que la dactylo avait fait une « faute de frappe », je n'ai d'abord pas compris ce qu'ils me disaient. C'était simple, mais incompréhensible. Il ne fallait plus lire « le 24 juin », jour où je me trouvais à Toulon, mais « le 23 juin », jour où je me trouvais à Mougins. Quant à l'heure, elle n'avait pas changé. Entre 11 heures et 14 heures, c'est-à-dire celle indiquée par l'adjudant-chef Cenci. Celle aussi à laquelle j'étais allé déjeuner, et où on n'avait voulu retenir aucun de mes alibis.

Me Baudoux a alors accusé les médecins d'avoir obéi au juge pour lui rendre service. Et personne n'a jamais cru à cette histoire de « faute de frappe ». Je ne vois pas en effet comment une erreur d'une telle importance aurait pu échapper à trois médecins à la fois. Et j'ai alors vraiment eu le sentiment que l'on nous prenait tous pour des imbéciles. Un médecin, le docteur Le Poivre, maître de conférence à la faculté de Nice et expert auprès des assurances-vie, a par la suite fait une critique très sévère de ce rapport. Voici un extrait de ses constatations qui figure dans le dossier de requête en révision.

> Le 15 décembre, les experts écrivent qu'il y avait une faute de frappe, et qu'il faut lire le 23 juin au lieu du 24 juin en conservant la même fourchette horaire. Ce faisant, ils remettent totalement en cause leur argumentation première. Il ne peut s'agir d'une simple faute de frappe car il y aurait eu alors également erreur de frappe sur le nombre d'heures auquel remonte le décès. Car la datation du 24 juin entre 11 heures et 14 heures, figurant dans le premier rapport, y est justifiée par l'affirmation des experts que le décès remontait à plus de six heures selon leurs constatations détaillées sur ce même rapport. Il s'agirait alors d'une faute de frappe de l'ensemble du paragraphe !

Je ne comprenais pas que le juge Renard puisse ainsi agir à sa guise et manipuler comme il le voulait des experts auprès des tribunaux. Et j'ai aussitôt demandé à mes avocats d'exiger une contre-expertise du rapport d'autopsie. Ce qu'ils m'ont alors répondu m'a rempli d'effroi. Une semaine seulement après le meurtre de Mme Marchal, le premier juge chargé de l'enquête, Mme Arfinengo, avait donné à la famille l'autorisation de faire incinérer son corps. Pourquoi ? On ne me l'a jamais dit. Et cela m'a d'autant plus choqué que j'ai appris par la suite que Mme Marchal souhaitait être enterrée au cimetière de Mougins où elle avait acheté une concession. Je ne crois pas que l'on puisse parler dans ce cas d'une négligence du juge, mais bien d'une volonté de sa part de cacher, en accord avec la famille, ce qui pouvait désigner l'assassin. Comment expliquer en effet que les dernières photos de Mme Marchal – onze clichés retrouvés dans son appareil photo par les gendarmes – aient été détruites, elles aussi, toujours avec l'autorisation du juge ? Les gendarmes ont affirmé alors qu'ils n'avaient « rien à voir avec l'enquête ». Et le juge Renard a, de son côté, déclaré à la journaliste Ève Livet[1] : « M. Cenci[2] m'a téléphoné. Les photographies ne présentant pas d'intérêt pour le dossier, je les ai renvoyées à la famille. Laquelle, n'étant pas intéressée, a dit de les détruire. M. Cenci en avait gardé un jeu que j'ai vu par la suite : il s'agit de photographies de la villa, car Mme Marchal souhaitait, je crois, la vendre, et sur deux photos, on la voit avec une amie. » Mais qu'est-ce qui prouve que c'est la vérité ? Et, en admettant que ces clichés n'aient pas concerné l'enquête, au stade où elle en était – ce que je ne crois pas –, qui pouvait dire qu'ils ne la concerneraient pas par la suite ?

Quant au corps de Mme Marchal, on a, en le faisant disparaître avant même que le rapport des

1. Témoignage publié dans son livre, *L'Affaire Omar Raddad. Mensonges et Vérités*, La Découverte, 1999.
2. Le chef de l'enquête. [Note de l'éditeur]

légistes ait été rendu au juge, exclu à jamais la possibilité de procéder à une contre-expertise. Comme une estimation plus sérieuse de la date du décès. Ou celle de la hauteur exacte des coups portés par rapport au sol, ce qui aurait donné une idée de la taille de l'assassin. On aurait pu aussi alors relever ses empreintes digitales, ce que les gendarmes n'avaient pas jugé utile de faire. Pour celles-ci, c'était trop tard. Mais pour celles que l'assassin avait pu éventuellement laisser sur le lit de camp, la barre de fer, le chevron de bois ou l'interrupteur, ça ne l'était pas. Pourquoi les gendarmes ne les ont-ils donc pas relevées afin de les comparer avec les miennes ? Et qui me dit d'ailleurs qu'ils ne l'ont pas fait et que ce n'est pas seulement après avoir découvert qu'il ne s'agissait pas des miennes qu'ils ont préféré dire qu'ils avaient oublié ? Car un tel « oubli » de la part de gendarmes me semble peu vraisemblable.

Quant au sac à main de Mme Marchal, ils l'ont bien envoyé au département des empreintes digitales de l'Institut de recherche criminelle de la gendarmerie, mais seulement cinq mois après le crime. Il n'y avait donc plus d'empreintes exploitables sur le sac ! Les gendarmes ont en revanche pensé à faire analyser le taille-haie – alors que les médecins légistes avaient noté dans leur rapport d'autopsie que l'arme du crime était « une lame effilée, à double tranchant, mesurant de quinze à vingt centimètres de long et de deux centimètres de large ». Mais il devait être difficile pour les gendarmes de se résoudre à abandonner une arme aussi adaptée à une histoire de meurtre où le coupable devait à tout prix être un jardinier !

C'est pour la même raison que les gendarmes ne se sont jamais intéressés à l'entourage de Mme Marchal. Son amie, Mme Pascal, avait pourtant évoqué « une piste du côté de la Suisse et de l'argent ». Elle leur avait aussi parlé d'un amant que Mme Marchal voyait secrètement. Mais loin de prendre en compte ce qu'elle leur disait, les gendarmes lui ont reproché de vouloir me défendre, et l'ont traitée comme un suspect, la plaçant sur écoute téléphonique, et même en garde à vue alors qu'elle était âgée de près de quatre-vingts ans ! Je suis très choqué que l'on ait traité de cette façon cette femme d'une grande gentillesse, et que l'on ait mis en cause son honnêteté. Car si Mme Pascal m'aimait bien, je suis certain que ce n'était pas au point d'inventer des mensonges pour me défendre, comme l'ont prétendu les gendarmes (« Pourquoi défendez-vous plus l'assassin de votre amie que votre amie ? » lui ont-ils demandé pendant sa garde à vue), puis le président Djian lors du procès. Le chef de cette enquête de gendarmerie était l'adjudant-chef Georges Cenci, aujourd'hui élevé au grade de major. La raison pour laquelle le major Cenci a publié un livre intitulé *Omar l'a tuée* me semble obscure. N'a-t-il pas déjà tout dit sur moi ? Veut-il me condamner une deuxième fois, ou craignait-il plutôt, si j'avais obtenu la révision de mon procès, que la vérité éclate, rappelant alors les graves dysfonctionnements de l'enquête dont il était chargé ?

L'étrange comportement de la famille de Mme Marchal

S'il est tout à fait normal que la famille d'une victime exige que l'on trouve son assassin et qu'il soit sévèrement puni, je n'ai jamais compris l'acharnement de la famille de Mme Marchal à vouloir que je sois cet assassin.

Le témoignage de sa sœur, Claude du Granrut, diffusé dans l'émission « Secrets d'actualité » sur M6, le 20 novembre 2000, m'a profondément choqué. Comment, en effet, une femme aussi instruite et intelligente qu'elle peut-elle s'obstiner à affirmer que l'arme du crime est mon taille-haie, alors que les gendarmes eux-mêmes ont fini par renoncer à cette thèse qui va à l'encontre de l'expertise du médecin légiste ? Elle affirme par ailleurs au cours de l'interview être certaine que je suis l'assassin, mais elle n'apporte aucune preuve de cela. Que dirait-elle si, de la même manière, je l'accusais elle d'être l'assassin ? J'ai toujours été très frappé de constater avec quelle agressivité elle refuse de répondre lorsque le journaliste lui demande si sa sœur a laissé un testament indiquant qu'elle voulait être incinérée. On ne peut alors s'empêcher de penser qu'elle veut cacher la vérité, au moins sur ce testament. Et je reste quant à moi persuadé que jamais Mme Marchal n'a souhaité être incinérée.

Enfin, est-ce pour mieux défendre leurs secrets que les proches de Mme Marchal ont choisi un avocat aussi prestigieux que Me Leclerc, qui était alors vice-président de la Ligue des droits de l'homme ? Pourquoi avoir besoin d'un si grand avocat face à un si petit jardinier illettré ? Que craignaient-ils ? L'avenir le dira peut-être un jour...

Mais ce qui m'a surpris par-dessus tout, de la part des membres de cette famille qui m'a toujours été si hostile, c'est qu'ils n'aient pas protesté lorsque j'ai été condamné à dix-huit ans de prison. Dix-huit ans, ce n'est rien pour un crime aussi atroce ! Et s'ils étaient tellement persuadés de ma culpabilité ils auraient dû trouver scandaleux que je n'aie pas été condamné à perpétuité et ils auraient dû, comme moi, réclamer un deuxième procès.

Mon avocat, Me Vergès

Nombreux sont les gens qui ont pensé que c'était le roi du Maroc, Sa Majesté Hassan II, qui avait demandé à Me Vergès de me défendre. Si Sa Majesté Hassan II, puis son fils, Mohamed VI, ont eu la bonté de s'intéresser à mon affaire et de me soutenir, ce n'est pas à elles que je dois d'avoir été défendu par cet avocat, mais, comme je l'ai dit, à mon voisin de chambre, lorsque je me trouvais à l'hôpital de la prison de Nice. Ce vieux monsieur se passionnait pour mon affaire qui le scandalisait. Et les raisons pour lesquelles le juge me maintenait en prison lui semblaient si obscures qu'il avait mis en doute les capacités de mes premiers avocats. Je lui avais alors répondu que j'étais persuadé qu'ils avaient fait tout ce qui était en leur pouvoir pour me défendre, mais que le meilleur avocat du monde ne pouvait rien face à l'obstination du juge Renard. Je continue à le penser. Lui en doutait : « Je ne crois pas que tu aies mis toutes les chances de ton côté en confiant ta défense à des avocats de la région. Dans le Midi, juges et avocats se connaissent tous. Ils dînent ensemble et jouent au foot le week-end. Tu devrais plutôt faire appel à un avocat parisien. » Comme je lui répondais que je n'en connaissais pas, il m'a parlé de Me Vergès. Il semblait avoir une grande admiration pour lui. « C'est l'un des plus grands avocats parisiens ! m'a-t-il assuré. Lui saura te défendre ! »

Me Vergès a tout de suite accepté d'assurer ma défense, et j'en étais très heureux car je savais qu'il avait défendu des causes beaucoup plus compliquées que la mienne.

Lors de la première visite qu'il m'a rendue à Grasse, Me Vergès était accompagné de Me Girard. Tous les deux semblaient disposés à travailler ensemble. Je leur ai dit que j'étais très heureux qu'ils puissent s'entendre, et que la seule chose que j'attendais d'eux était qu'ils parviennent à me faire libérer.

Peu de temps avant mon procès, il m'a pourtant fallu me séparer de mes deux premiers avocats, Mes Girard et Baudoux. Cette décision a été très douloureuse pour moi, car je n'avais, je le répète, absolument rien à leur reprocher. Ce qui m'embarrassait beaucoup, en revanche, était le désaccord de mes avocats sur une question aussi importante que celle de savoir qui était l'auteur de la phrase

« OMAR M'A TUER ». Alors que Me Vergès était persuadé que c'était le meurtrier lui-même qui avait écrit cette phrase, Me Girard et Me Baudoux pensaient, eux, qu'il avait obligé Mme Marchal à l'écrire. Or je craignais qu'un tel désaccord entre des avocats qui défendaient la même cause fasse mauvaise impression au procès.

Celui-ci approchait et, dix jours avant, mes avocats restaient chacun sur sa position. Je n'en dormais plus, cherchant désespérément une solution. Il n'y en avait pas puisqu'ils refusaient désormais de travailler ensemble. Il m'a donc bien fallu me résigner, à contrecœur, à me séparer de mes deux premiers avocats.

De nombreuses personnes ont affirmé que j'avais fait une erreur en choisissant Me Vergès. Il était connu, disaient-ils, pour être l'avocat des causes perdues ou indéfendables. Il avait mauvaise réputation auprès des juges… Des journalistes lui ont aussi reproché de ne pas avoir été suffisamment combatif pendant le procès. Je crois surtout qu'il n'y avait pas grand-chose à faire contre des juges qui m'avaient condamné avant même que le procès ne commence. Et mon avocat était persuadé, comme tout avocat qui aurait pris connaissance de mon dossier, que l'absence totale de preuves contre moi suffirait à convaincre les jurés. C'était donc, comme il l'a d'ailleurs déclaré par la suite, un choix de sa part de ménager les jurés et d'éviter à tout prix de les brusquer. Pendant les deux heures de sa plaidoirie, Me Vergès s'est donc limité à essayer de retenir l'attention des jurés sur les points essentiels du dossier. Il voulait de cette façon ramener à l'affaire proprement dite leur esprit troublé par des considérations (savoir si j'étais un bon musulman, par exemple) qui n'avaient rien à voir avec elle.

Me Vergès a donc commencé sa plaidoirie en réfutant totalement les expertises graphologiques qui m'avaient condamné en attribuant l'écriture de la phrase « OMAR M'A TUER » à Mme Marchal. « La France, est le seul pays d'Occident à accepter la graphologie, a-t-il rappelé. Les graphologues devraient être écartés des tribunaux, au même titre que les cartomanciennes. [...] L'écriture, je l'affirme, n'est pas celle de Mme Marchal, a-t-il poursuivi. C'est celle d'un homme qui en a imité le graphisme... »

Mon avocat a aussi mis en cause la fameuse expertise médico-légale dont les résultats avaient changé après l'intervention du juge. « On nous a dit trente heures avant la découverte. C'était pour faire coller l'heure du crime avec l'emploi du temps d'Omar [...] Et comme par hasard, c'est entre 11 heures et 14 heures, exactement l'heure où Omar Raddad nous dit qu'il était sur sa mobylette. C'est ce qu'on appelle la mise en harmonie de l'art médical avec l'accusation », a-t-il ajouté par la suite (hors procès).

Me Vergès a également évoqué l'absence de mobile : « On nous dit : Omar jouait au casino, il fréquentait les prostituées, il avait donc besoin d'argent. Moi, je dis que ce n'est pas un argument pour des jurés de France. Il a travaillé le dimanche, c'est grave, puisque c'est inhabituel, et ça fait de lui un assassin... Omar est calme, alors il a le calme de l'assassin. Quoi qu'il fasse, il est coupable. Voilà ce que c'est que l'acharnement. »

Par la suite, il a aussi insisté sur l'invraisemblance de la version des gendarmes à propos de ce qui s'était passé dans la cave. « Il est peu vraisemblable que l'assassin n'ait pas achevé une victime qui risquait de le dénoncer. [...] Mme Marchal a reçu un familier discrètement. C'est ce familier qui a tracé les inscriptions, ce qui expliquerait la position de la victime : jambes écartées, peignoir relevé, bras croisés au-dessus de la tête. Cela ne correspond pas à la description d'une femme qui a rampé, mais à celle d'une femme dont le corps a été traîné dans la cave. »

Me Vergès a ensuite conclu sa plaidoirie sur l'absence de preuves retenues contre moi : « Pas d'arme, pas de trace de sang sur lui, pas de preuve qu'il ait pénétré dans la cave ni qu'il ait emporté l'argent. Ne restait qu'une inscription. Mais y croyez-vous ? » a-t-il lancé aux jurés. Avant de s'adresser une dernière fois à eux. « Vous ne pouvez pas condamner quelqu'un sur rien. Ayez le courage du cœur, le courage civique de dire simplement non. Acquitter Omar, ce serait honorer la France. »

Je pense que mon avocat a eu raison de s'adresser aux jurés, car il avait compris depuis longtemps qu'il n'y avait rien à attendre du président Djian qui avait fait preuve à mon égard d'hostilité, de mépris et de racisme, dès le début du procès.

Je sais que Me Vergès n'a pas besoin de moi pour le défendre, mais je tiens cependant aussi à répondre à un reproche qu'on lui fait régulièrement. Celui de trop aimer la publicité dans les journaux. Mais quel avocat ne l'apprécie pas ? Nombreux sont ceux qui ont proposé de me défendre lorsqu'ils ont vu que mon affaire les mettrait sur le devant de la scène, mais je ne citerai pas leurs noms. Je sais que mon avocat n'a pas que des qualités, et il est d'ailleurs le dernier à le prétendre, mais je peux dire, maintenant que je commence à le connaître un peu, que Me Vergès est capable, plus peut-être que d'autres avocats, de désintéressement. Et s'il m'est parfois arrivé de douter de mon choix, je ne regrette pas aujourd'hui de lui avoir confié ma défense.

La nuit où j'ai failli mourir

Le 22 mars 1993, j'ai été transféré à la maison d'arrêt de Nice où je devais attendre mon jugement. Jamais je n'avais vu une pièce aussi sale et sinistre que celle où on place les nouveaux arrivants. Les toilettes étaient bouchées, les prises de courant cassées, les murs maculés de taches. J'avais l'impression d'étouffer. Nul ne peut comprendre le sentiment de révolte qui m'a envahi à la vue de cette pièce sordide. Ce qui peut sembler dérisoire, comparé à tout ce que j'avais vécu, venait s'ajouter à un immense sentiment d'injustice et de révolte.

J'ai appelé le surveillant pour lui demander l'autorisation de m'installer dans ma cellule sans attendre le lendemain. Il m'a répondu sèchement qu'il n'en était pas question. « C'est le règlement », a-t-il ajouté. Cette phrase me rappelait de bien mauvais souvenirs, comme ce jour où, pour la première fois, on m'avait passé les menottes sans me donner la moindre explication. Que de choses cruelles on peut faire au nom du règlement ! Je savais par expérience que ce mot-là était celui qu'utilisaient les gardiens pour couper court à toute discussion. Cette fois-ci, j'insistais pourtant. Il fallait que je me sente bien mal pour le faire. « C'est le règlement ! » m'a répété le gardien sur un ton très agacé. Je me suis surpris moi-même à insister encore, ce qui n'est vraiment pas dans mon tempérament : « Je veux voir le chef ! » « C'est moi ! » m'a-t-il répondu avec un sourire moqueur, avant de refermer la porte ; ça allait être la goutte d'eau qui ferait déborder le vase. Je ne pouvais pas passer la nuit dans cet endroit lugubre. J'avais peur, j'étais désespéré, révolté, je devenais fou. On allait m'oublier là... Il fallait que je sorte, par n'importe quel moyen. J'ai fait un rapide tour des objets qu'on m'avait laissés. Mon regard s'est arrêté sur mon rasoir. Mais je n'avais pas le droit de mourir. Il fallait pourtant sortir de là. Je l'avais décidé. Rien ne m'arrêterait plus. J'ai donc décidé d'avaler la lame de rasoir, après l'avoir enveloppée dans de la mie de pain pour la faire passer. Puis j'ai rappelé le gardien. « Je viens d'avaler une lame de rasoir », lui ai-je dit. « Je m'en fiche, tu peux en avaler une deuxième si tu veux ! » m'a-t-il répondu. Et il est parti. Je n'en veux pas à ce surveillant qui a certainement agi sans méchanceté. Sans doute avait-il souvent eu affaire à des détenus qui jouaient la comédie. Il n'était pour rien dans mon malheur. Ça n'est donc pas lui que j'ai haï, mais le juge Renard, et lui seul.

J'étais maintenant terriblement angoissé. Si je rappelais le surveillant, il ne se déplacerait peut-être même pas, ou s'il le faisait, il repartirait aussitôt. Pris de panique, je me suis tailladé les veines de l'avant-bras gauche, et je l'ai rappelé. Je regardais mon sang couler et j'avais peur de mourir. J'ai pensé à ma mère, à mes enfants. Le surveillant ne revenait pas. J'appelais désespérément. Il a fini par ouvrir la porte. Il était cette fois accompagné du chef. Ensemble, ils m'ont emmené à la douche pour me rincer le bras, avant de m'accompagner à l'infirmerie. Là, le médecin m'a fait un pansement, puis il m'a fait passer une radio pour localiser les morceaux de lame. « Toi, on peut dire que tu as de la chance ! m'a-t-il dit en découvrant la radio. La lame s'est placée de telle façon dans ton estomac que je n'aurai même pas à t'opérer. Est-ce que tu sais, au moins, que tu aurais pu mourir ? »

Cette nuit-là, j'ai eu le sentiment que Dieu était avec moi. Et je l'ai remercié de m'avoir laissé vivre cette fois encore. Le lendemain matin, on m'a conduit dans une cellule normale où j'ai continué à attendre mon jugement pendant dix longs mois. Chaque jour, je guettais ces petits événements qui rythment l'interminable journée d'un prisonnier. L'heure de la gamelle, du courrier, de la promenade. Ou du parloir, un moment si précieux.

La découverte de mon dossier

Deux semaines avant le début du procès, les gendarmes m'ont accompagné au palais de justice où on m'a remis mon dossier, sans les déclarations que j'avais faites aux gendarmes, comme l'exige la loi. On m'a ensuite demandé si je ne voyais pas d'inconvénient à ce que les journalistes assistent à mon procès. Je n'ai pas hésité une seconde. Leur présence était pour moi la garantie que rien ne se passerait plus dans l'ombre et que les juges n'oseraient plus agir à leur guise. Lorsque j'ai regagné ma cellule, un codétenu m'a proposé de me lire mon dossier. Je lui demandais parfois de revenir dix fois de suite sur le même passage. Et je n'en croyais toujours pas mes oreilles. Je découvrais en effet des témoignages inventés, comme celui des prostituées, ou de faux témoignages, comme celui de la femme de ménage de Mme Marchal, qui a pesé si lourd contre moi. Je ne comprenais vraiment pas pourquoi cette femme, que je ne connaissais pas autrement que pour lui avoir dit bonjour ou au revoir, avait menti de la sorte à mon sujet. Elle prétendait que j'avais demandé à plusieurs reprises des avances d'argent à notre patronne, alors que je n'en avais demandé qu'à deux reprises, dont la dernière fois un mois avant sa mort, et pour un travail que j'avais déjà effectué. Elle prétendait aussi qu'elle m'avait vu manger dans le jardin pendant le ramadan. C'était encore un mensonge, dont je ne voyais pas, en outre, le rapport avec ce qui m'était reproché. Mais la femme de ménage, dont les capacités à mentir ont été à maintes reprises constatées par les journalistes et le détective Roger-Marc Moreau, mentait aussi probablement sur ce qui la concernait. Elle prétendait en effet que Mme Marchal lui avait donné son congé pour le lundi 24 juin, jour où, disait-elle, celle-ci devait recevoir une amie. Mais je trouve cela très étonnant, car il n'était vraiment pas dans les habitudes de Mme Marchal de servir elle-même à table. Et si par hasard elle avait dit la vérité sur ce point, je déplore que les gendarmes n'aient pas cherché à savoir qui pouvait être ce mystérieux invité qu'elle voulait recevoir dans le plus grand secret. Une chose est certaine, les témoignages de cette femme ne sont pas fiables. Et elle n'a jamais donné aux différentes personnes qui l'ont interrogée la même version de son emploi du temps ou même de son avis sur moi. N'est-elle pas allée jusqu'à déclarer à une journaliste qu'elle pensait que j'étais sans doute innocent[1]. Avant d'ajouter qu'elle s'était toujours dit que je n'avais aucune raison de « tuer la poule aux œufs d'or ». Il y a alors deux explications possibles à ce revirement total : ou bien cette femme, après réflexion, avait totalement changé d'avis sur ma culpabilité, ou bien les gendarmes l'avaient poussée à m'accabler lorsqu'ils l'avaient interrogée. Ce qui n'est pas exclu… Lorsque, longtemps après, je continuais à me demander quelles raisons avaient pu la pousser à me détester, je me suis rappelé, en discutant avec Latifa, une scène qui à l'époque

1. S. Lotiron, article cité.

m'avait paru sans importance : alors que nous prenions le thé ensemble, ce jour où nous avions rendu visite à Mme Marchal avec Karim bébé, celle-ci avait renvoyé la femme de ménage très sèchement dans la cuisine. Mme Marchal était exaspérée parce qu'elle avait remarqué que son employée, qui faisait mine de dépoussiérer les meubles à l'aide d'un chiffon, écoutait en fait tout ce qu'on disait. Et je n'avais pas alors pensé qu'elle devait sans doute être très jalouse de la gentillesse que nous témoignait Mme Marchal, car elle ne la traitait pas du tout avec les mêmes égards. Je ne sais pas si cela peut avoir ou non un rapport avec l'enquête, et ce n'est pas à moi d'en juger, mais je regrette que les gendarmes aient toujours négligé de s'intéresser à quelqu'un d'autre que moi. Et puisqu'ils accordaient à la femme de ménage une confiance totale, et qu'ils n'ont donc pas mis en doute le fait que Mme Marchal lui ait donné son congé le lundi, je trouve qu'il aurait été logique qu'ils cherchent à savoir qui pouvait être cette personne qu'elle tenait à recevoir si secrètement ce jour-là. Cette question m'a toujours paru très importante pour l'enquête. Pas aux gendarmes, qui avaient refusé une fois pour toutes de s'intéresser à toute piste qui risquait de les éloigner de moi.

Le jugement

Lorsque vers 6 h 30 ce matin du 24 janvier 1994 les gendarmes sont venus me chercher pour me conduire au palais de justice, je les attendais depuis longtemps, car je n'avais pratiquement pas dormi cette nuit-là. J'étais serein, car j'allais enfin être jugé devant un public et des jurés. Et personne ne croirait ni aux mensonges des gendarmes, ni aux manipulations du juge. La vérité allait enfin éclater, et je sortirais libre.

Une cinquantaine de journalistes attendaient dans l'enceinte du palais de justice. J'avais beau être prévenu qu'ils assisteraient à mon procès, je n'avais pas imaginé une seconde qu'ils viendraient si nombreux. J'en étais heureux, et je leur souriais, confiant.

Il y avait énormément de monde dans la grande salle d'audience de la cour d'assises, mais c'est ma famille que j'ai d'abord vue : ma femme, ses sœurs, mon père et des proches. Je leur ai fait un clin d'œil. Comme moi, ils semblaient confiants et décontractés. J'ai ensuite vu mon avocat, Me Vergès. Puis j'ai découvert la cour : le président Djian, deux magistrats, la greffière et les jurés. Il y avait aussi la famille de la victime, que je ne connaissais pas : son fils, Christian Veilleux, sa sœur, Mme du Granrut, et son beau-frère, le bâtonnier du Granrut. Me Leclerc les représentait pour la partie civile.

La cour s'est installée, avec le président Djian et ses trois assesseurs. Et l'avocat général, Bernard Farret.

L'accusé aura le choix d'avoir recours ou non à un interprète, a d'abord annoncé le président de la cour, M. Djian. Je m'étais tellement battu pour en obtenir un que je ne comprenais même pas que la question puisse encore se poser. Les jurés ont été tirés au sort, puis la greffière a lu rapidement l'arrêt de renvoi de la chambre d'accusation. Et le président m'a demandé de me présenter.

D'une voix très forte qui contrastait avec la mienne, l'interprète a traduit : « Je m'appelle Omar Raddad et j'étais jardinier. » J'ai poursuivi le récit de ma vie, comme me le demandait le président. Lorsque j'en suis venu à préciser que je n'avais pas pu aller à l'école, le président m'a interrompu pour me poser cette question : « Connaissez-vous ce proverbe arabe : "Celui qui ne sait ni lire ni écrire doit cacher sa tête dans un trou" ? » Pour une raison que j'ignore, le président a traduit ce proverbe en arabe. C'était décidément le monde à l'envers. Maintenant que j'avais droit à un interprète, on me parlait en arabe !

« Pourquoi se cacher ? » lui ai-je répondu un peu sèchement. Lorsque plus tard je me suis rappelé cette phrase du juge, je me suis fait la réflexion que c'était plutôt à lui, qui avait fait beaucoup d'études pour connaître les lois, de cacher sa tête dans un trou pour avoir condamné un innocent. Car si je ne sais en effet ni lire ni écrire, je sais que je peux être fier de moi, car je n'ai jamais fait de mal à personne.

Avant de continuer de répondre aux questions du président, j'ai tenu à préciser que je n'avais jusqu'alors jamais eu de problèmes ni avec la police, ni avec la justice. « Malheureusement, je suis là aujourd'hui mais je suis innocent », ai-je ajouté.

À plusieurs reprises, le président a mis en doute le fait que je comprenne mal le français.

« Vous parlez suffisamment le français pour vous exprimer. Votre femme affirme d'ailleurs que vous parlez très bien.

– Je ne comprends pas tout », ai-je répondu ; et ma femme m'a dit qu'elle n'avait jamais dit ça aux policiers.

« J'aurais aimé pouvoir vous parler en français, car je sais que cela me serait plus favorable », ai-je ajouté alors qu'à un autre moment du procès le juge insinuait encore que je mentais. Et Me Vergès a précisé de son côté que s'il avait fallu dix heures d'interrogatoire aux gendarmes pour réussir à taper un procès-verbal de trois feuillets, cela prouvait bien que je ne m'exprimais pas très facilement.

Interrogé à son tour sur ce sujet, l'expert psychiatre, qui était venu me rendre visite à deux reprises en prison, a confirmé qu'il était persuadé que je ne mentais pas. Il a aussi ajouté que j'étais normal, et que je n'étais pas dangereux. Après quoi, il a tenu à lire aux jurés ce que je lui avais dit à propos de la phrase « OMAR M'A TUER » : « Si Mme Marchal a écrit cette phrase, pourquoi n'a-t-elle pas écrit Omar Raddad ? Omar, il y en a des millions sur la Côte d'Azur… » Le psychiatre s'est ensuite tourné vers les jurés et leur a dit : « Lorsque je lui ai demandé s'il était innocent avec sa tête, son cœur, ou avec sa bouche, il m'a répondu : "Je suis innocent des pieds jusqu'au dernier de mes cheveux." »

« Nous connaissons vos journées, mais parlez-nous de vos soirées, de vos loisirs », m'a demandé le président, alors que je terminais le récit de ma venue en France et de mon mariage. Commença alors l'interminable interrogatoire concernant le jeu et les prostituées que, affirmait-il, je fréquentais assidûment.

« C'est vrai, j'ai joué et j'ai parfois perdu, ai-je reconnu, mais je ne jouais que ce que je gagnais. En revanche, je nie absolument avoir eu des relations avec des prostituées ! ai-je aussitôt ajouté.

– Le jeu, l'adultère, c'est interdit par le Coran ! insista pourtant le président.

– Jamais je n'ai rencontré de prostituées, ai-je encore protesté avant d'ajouter, très agacé : "Celui qui tue et qui ment, Dieu s'en chargera." »

Lorsque mon père a été appelé à la barre, il a commencé par dire qu'il avait pleuré lorsqu'il avait appris mon arrestation. Comme il avait pleuré à l'annonce de la mort de Mme Marchal, qu'il connaissait depuis très longtemps. Puis il a déclaré : « De mes six enfants, Omar est mon préféré. Il ne m'a donné que des satisfactions. Mon fils a toujours été un garçon calme et honnête, si j'avais eu le moindre soupçon, je vous jure que je lui aurais demandé. »

Ce sont ensuite mes belles-sœurs qui ont témoigné. Puis Latifa est venue à la barre. Elle a raconté notre rencontre, notre mariage, puis la naissance de nos deux enfants.

« Nous étions très heureux jusque-là, a-t-elle ajouté. Omar est un bon mari et un bon père.

– Vous avez déclaré aux gendarmes que votre mari était incapable de faire du mal à une mouche, a poursuivi le président, et pourtant, au Maroc, il a bien égorgé le mouton pour la fête de l'Aïd. »

Sans se laisser troubler par cette réflexion qui a choqué de nombreuses personnes dans l'assistance,

Latifa lui a répondu sèchement qu'il s'agissait là d'une pratique religieuse. Ce qui n'avait rien à voir. Le président avait-il oublié que j'étais jugé pour le meurtre d'une femme, et non pour celui d'un animal ? Certainement pas, mais toutes les personnes qui se succédaient à la barre, l'enquêteur de personnalité, ma femme, mon père, mes employeurs, et même le psychiatre affirmaient qu'il n'y avait pas plus calme et gentil que moi. Ce qui n'arrangeait pas du tout le juge qui devait faire de moi un assassin sanguinaire. Mais il n'avait pas trouvé d'autre moyen pour tenter de convaincre les jurés de ma cruauté que de se référer à cette pratique religieuse. Il préparait alors le moment du procès où il ferait circuler une photo de mon frère et moi au Maroc le jour de l'Aïd. Or cette allusion, qui était déjà très déplacée, était en plus fausse, car chez les musulmans, c'est le fils aîné qui égorge le mouton. Chez nous, c'était donc mon frère Mohamed. Ce que le président, qui a longtemps vécu en Algérie, ne pouvait ignorer. Il a ensuite enchaîné sur les machines à sous.

« Ça le regardait, a répondu Latifa. Il gagnait son argent. »

Puis sur les prostituées, qui lui tenaient tant à cœur. « Il a bien fait s'il l'a fait. Je venais d'accoucher, il n'y a pas de mal à voir une prostituée dans ce cas-là. » Malgré les provocations du juge, Latifa gardait son calme. Elle était sûre de moi, donc sûre d'elle.

Le lendemain, les débats sur les machines à sous ont repris. Des témoins sont venus dire qu'ils m'avaient vu jouer. Je ne comprenais pas pourquoi on les avait fait déplacer puisque j'avais dit moi-même aux gendarmes, lors de ma garde à vue, qu'il m'arrivait d'aller au casino. Peut-être tout au plus à faire la démonstration qu'il est plus facile d'appeler des témoins pour dire la vérité que pour mentir. (Les prostituées seront en effet beaucoup plus difficiles à trouver.)

Le président est alors revenu sur les prostituées, un sujet auquel, semble-t-il, il tenait décidément beaucoup. Je lui ai dit que j'étais marié et que je n'éprouvais pas le besoin d'aller voir ce genre de femme. J'ai aussi ajouté que même si cela avait été le cas, je n'avais aucune raison de le cacher puisque ça n'avait rien à voir avec le crime dont on m'accusait. Comme le président poursuivait pourtant sur le sujet des prostituées, j'ai fini par lui demander sur un ton très agacé : « Je voudrais bien qu'elles viennent, car je ne les connais pas et elles ont fait des déclarations déshonorantes à mon sujet. » Mais bien entendu, les gendarmes ne les avaient pas trouvées ! Conscient que c'était un peu embarrassant de « perdre » de cette façon les témoins, le juge a alors demandé que l'on poursuive les recherches.

Il fut ensuite question de la personnalité de Mme Marchal. Certains témoins disaient qu'elle était très gentille. D'autres, qu'elle ne l'était pas, d'autres encore qu'elle pouvait être les deux. Mais tous ont affirmé qu'ils ne savaient rien de sa vie sentimentale. Et le juge n'a pas insisté. J'ai remarqué qu'il était beaucoup plus discret sur sa vie privée que sur la mienne.

Le juge a ensuite consacré une grande partie de l'après-midi au témoignage de la femme de ménage. Celle-ci laissait entendre que c'était moi qui avais volé de l'argent à Mme Marchal. Or le juge qui avait lu, je pense, les procès-verbaux de gendarmerie savait que le fils de Mme Marchal avait au contraire déclaré que c'était elle que sa mère soupçonnait. On la laissa pourtant mentir sans l'interrompre afin de m'accabler.

Le 26 janvier, en fin d'après-midi, on fit entrer l'une des deux prostituées qui avaient témoigné contre moi. Les gendarmes avaient fini par la retrouver. Elle était enceinte. Ce qui, je crois, a un peu surpris l'assistance. Bien entendu, je ne l'avais jamais vue. Le président m'a demandé de me lever et lui a demandé si elle me connaissait avant l'époque des faits. Elle m'a regardé avant de répondre : « Je l'ai peut-être croisé sur la Côte d'Azur, mais je ne le connais pas. Je ne lui ai jamais parlé et je n'ai jamais eu de rapports avec lui. » Je savais que le témoignage de la deuxième prostituée serait à peu près du même ordre. Et j'ai demandé à ce qu'elle vienne témoigner, elle aussi. Mais les gendarmes, qui ne voulaient pas se ridiculiser une deuxième fois, ont prétendu qu'ils ne savaient pas où elle était. Le détective, Roger-Marc Moreau, chargé par Me Vergès de faire une contre-enquête, l'a rencontrée sans aucune difficulté des années plus tard. Elle n'avait changé ni d'adresse ni de numéro de téléphone. Mais ce qu'elle a dit au détective aurait fait le plus mauvais effet au procès. « J'ai déclaré aux gendarmes que je n'étais pas du tout certaine de le reconnaître. Après, j'ai signé ma déclaration sans la relire parce que j'étais très énervée. » Ce qui, traduit par les gendarmes, était devenu : « Je suis formelle, c'est la personne avec qui j'ai fait l'amour en juin 1991. »

Le président m'a ensuite interrogé sur mon emploi du temps. J'ai donc répété ce que j'avais dit aux gendarmes. Le 27 janvier, c'est Mme Pascal qui a été interrogée à son tour sur ce sujet. Pendant plus de deux heures, elle a dû affronter les questions du président qui ne l'a même pas invitée à s'asseoir. J'ai été d'autant plus choqué qu'il l'avait proposé au chef des gendarmes, l'adjudant Cenci, qui était pourtant beaucoup moins âgé et moins fatigué qu'elle. Je voyais bien que la logique de cette vieille dame et son accent d'honnêteté embarrassaient beaucoup le juge. Et cette réflexion, en particulier : « Si Omar avait tué Mme Marchal entre-temps, s'il y avait eu du sang versé, mon chien Athos l'aurait reniflé et ne se serait pas tenu aussi tranquille. » Le juge, se gardant bien alors de lui répondre, a enchaîné rapidement sur d'autres questions.

Le 28 janvier, le président distribua aux jurés des photos de la cave et du corps de Mme Marchal, puis il fit appeler à la barre les trois médecins légistes qui avaient changé la date de la mort.

« À quelle heure précise Mme Marchal a-t-elle été assassinée ? leur demanda-t-il.

– Nous ne le savons pas vraiment, répondirent-ils. Tout au plus, peut-on fixer une estimation, un créneau horaire. La victime aurait été poignardée entre 11 heures et 14 heures, mais la médecine légale n'est pas une science exacte, l'heure du crime est malheureusement la chose la plus difficile à déterminer.

– Pourquoi, alors, l'accusation l'a-t-elle d'ores et déjà fixée ? » interrompit alors mon avocat. Et, sans laisser aux médecins le temps de répondre : « Parce qu'il fallait absolument que l'heure du crime coïncidât avec les incertitudes de l'emploi du temps d'Omar.

– J'ai palpé le corps, il était à température ambiante, se défendit alors le docteur Page.

– Mais vous n'avez pas relevé cette température ! insista mon avocat.

– La rigidité du corps était totale et l'est au bout de treize heures, répondit le médecin. J'avais écrit que le décès remontait à plus de six heures à cause de la rigidité, de l'aspect des yeux et des lividités cadavériques.

– Au bout de combien d'heures les yeux se voilent-ils ? demanda encore mon avocat.

– C'est variable. Lorsque je les ai vus, ils étaient clairs, ils peuvent le rester plus de vingt-quatre heures.

– En somme, vous passez de plus de six heures à plus de douze heures, et à plus de trente heures. Puis vous affirmez : c'était hier entre la trente-troisième et la trente-deuxième heure. Comment peut-on passer de données vagues à une précision aussi grande ? » demanda alors mon avocat à qui le trouble du médecin n'avait pas échappé.

Les témoins absents à mon procès qui auraient peut-être changé le cours des choses

Les gendarmes n'ont jamais cherché à interroger mon oncle Mimoun, qui avait pourtant été le majordome de Mme Marchal pendant plusieurs années, et qui était resté son confident par la suite. Sa photo apparaît en outre souvent dans l'album de famille au cours de dîners, de fêtes ou même de scènes de la vie de tous les jours. Mimoun n'a donc pas pu passer inaperçu auprès des gendarmes. Peu après le crime, il s'est adressé à mes avocats, puis au juge Arfinengo qu'il a demandé à rencontrer à plusieurs reprises. En vain. Ce n'est qu'en mars 1996, soit cinq ans après le meurtre, que les gendarmes ont enfin consenti à entendre Mimoun, et ce, uniquement parce que son patron, M. Catherine, en avait fait à plusieurs reprises la demande auprès de la chancellerie.

On peut faire la remarque que, Mimoun étant mon oncle, il a pu vouloir me protéger. Mais Mimoun n'est pas un menteur et jamais il ne ferait un faux témoignage. Et, comme l'ont affirmé ses employeurs, M. et Mme Catherine, il ne savait pas, lorsqu'il a appris à la télévision la nouvelle de la mort de Mme Marchal, que j'allais être accusé. Mais il a dès ce moment-là désigné celui qu'il affirme être l'assassin. Je pense que le témoignage de Mimoun aurait sans doute changé le cours du procès, si on l'avait autorisé à y assister. Voici ce que Mimoun a déclaré à des journalistes de *Paris Match*[1] et de *VSD*[2], et au détective Roger-Marc Moreau. Ce témoignage figure dans mon dossier de requête en révision.

« Mme Ghislaine de Renty, veuve Marchal, m'a employé en qualité de majordome du 1er juillet 1975 au 15 novembre 1985. Au fil des années, j'étais devenu tellement proche d'elle qu'elle a fini par me considérer comme un ami. Au mois d'avril 1991, elle m'a demandé de venir lui rendre visite à La Chamade. Je l'ai trouvée très nerveuse. Elle m'a alors confié que X (un proche de la famille) insistait fortement pour lui emprunter de l'argent pour monter une entreprise. “Comme je refusais, il est devenu de plus en plus menaçant”, m'a-t-elle dit ; et elle a ajouté : “J'ai fait un testament mais il ne me laissera pas vivre jusqu'à mon dernier souffle. Il craint que je donne mon argent à mon amant.” Ce jour-là, Mme Marchal m'a demandé de travailler de nouveau à son service afin de la protéger. Je lui ai alors promis de revenir la voir au mois d'août. Ce que j'ai fait. X était là. Et, alors qu'en ma présence elle lui parlait de partir en vacances au mois de juillet et de lui laisser La Chamade, il lui a répondu : “Cette année, tu n'auras pas de vacances.” X empruntait tout le temps de l'argent à Mme Marchal, surtout depuis 1983, date du décès de M. Marchal. Plusieurs fois, il s'était montré menaçant. Et il avait

1. Jean Ker, « Omar, la grâce du roi », *Paris Match*, 23 mai 1996.

2. S. Lotiron, article cité.

insisté pour qu'elle vende un appartement qu'elle possédait à Paris, dans le 16e arrondissement.

» Un jour que nous nous trouvions ensemble dans leur appartement de Neuilly, j'ai dû intervenir alors que X tentait d'étrangler Mme Marchal. J'ai aussi constaté que lorsque Mme Marchal s'absentait de La Chamade, X en profitait pour faire des photocopies de papiers et de documents, ainsi que des doubles de clés des portes et des meubles.

» Pendant près de cinq ans, j'ai été chargé de l'entretien et du ménage de l'appartement qu'occupait X à Neuilly. Et j'avais été très frappé de trouver un jour dans une poubelle des cartons d'eau d'Évian sur lesquels figuraient des inscriptions tracées avec du sang d'animal. (On était alors en période de chasse.)

» Je souhaite être confronté avec X, que je connais depuis qu'il est tout petit, pour lui répéter en le regardant dans les yeux tout ce que je viens de déclarer. »

Les patrons de Mimoun, M. et Mme Catherine, ont toujours été scandalisés que le témoignage de Mimoun n'ait jamais été pris en compte, car ils étaient persuadés de sa bonne foi. Voici ce qu'avait déclaré M. Catherine aux journalistes et au détective lorsqu'ils avaient recueilli le témoignage de Mimoun : « Lorsque, après un séjour de Mme Marchal en Suisse, Mimoun est entré à notre service, il est resté son confident. Elle l'appelait même la nuit, et ils parlaient ensemble. Un soir de juin 1991, vers 20 h 30, alors que la nouvelle du meurtre de Mme Ghislaine Marchal venait d'être annoncée à la télévision pour la première fois, nous avons entendu, mon épouse Simone et moi-même, notre employé s'écrier spontanément : "Ça, c'est X, alors il l'a fait !" Il nous a alors expliqué que son ex-employeur, Mme Ghislaine Marchal, lui avait affirmé : "Si un jour je suis assassinée, Mimoun, ça sera par lui. Tu devras le dire." Je précise qu'à l'époque Mimoun ne pouvait absolument pas savoir qu'Omar Raddad serait mis en cause dans cette affaire. Dès lors, notre majordome ne s'est jamais départi de ces accusations et je m'étonne vivement que la justice n'en ait pas tenu compte. Je regrette d'être trop vieux. À l'époque où j'avais de l'influence[1], les choses ne se seraient pas passées de cette façon. »

Un autre témoin essentiel était absent du procès, Salah El Ouaer, un Tunisien qui travaillait le lundi 24 juin sur un chantier à côté de la propriété de Mme Marchal. Cité par mon avocat, il était resté introuvable. Lui aussi… Les gendarmes savaient pourtant bien qu'il était en Tunisie puisqu'eux-mêmes l'avaient renvoyé dans son pays parce que ses papiers n'étaient pas en règle. Ils avaient pourtant pris sa déposition, qui apparaît sur les procès-verbaux de gendarmerie. Si son témoignage m'avait été moins favorable, je pense que les gendarmes l'auraient retrouvé, lui aussi, comme l'a fait Roger-Marc Moreau, lors de sa contre-enquête. Voici ce que Salah El Ouaer lui a déclaré lorsque, en septembre 1998, il s'est rendu chez lui, à Menzel-

1. M. Catherine était le fondateur et le P-DG des taxis G7. [Note de l'éditeur]

Djhemil près de Tunis, accompagné de Me Vergès et de deux journalistes[1].

« Le lundi 24 juin, je travaillais sur un chantier à côté de La Chamade. Dans la matinée, j'ai vu dans la maison voisine, celle où a eu lieu le crime, une femme d'environ trente-cinq ou quarante ans avec des cheveux blonds, légèrement gris (une femme que j'avais déjà vue dans la propriété le vendredi précédent). Vers 9 h 15, elle nous a demandé l'heure. Plus tard, vers 11 h 15, j'ai entendu sonner au portail de la villa. Une femme a alors répondu de l'intérieur : "Qui est là ?", deux fois, ou peut-être trois. Je me suis éloigné pour prendre du ciment dans la bétonnière. Et lorsque je suis revenu, j'ai constaté que le portail était grand ouvert. Dans la cour, se trouvait un 4 × 4 [...]. Au volant, un homme d'une trentaine d'années aux cheveux clairs, dont je n'ai vu que le profil. Lorsque des gendarmes sont venus m'interroger, le soir vers 17 heures ou 17 h 30, ils m'ont demandé si j'avais vu quelque chose. J'ai répondu que j'avais vu cet homme et cette femme. Ils m'ont alors demandé mes papiers. J'ai répondu que je n'en avais pas. Je leur ai laissé mon nom et mon adresse. Après deux semaines, le vieux chef des gendarmes est venu me chercher chez moi. Il m'a emmené à Valbonne, où il m'a interrogé. Et il ne m'a pas fait relire ma déposition qu'il m'a seulement demandé de signer. Il m'a ensuite dit que j'avais un mois pour quitter le pays, sinon, il me

1. Un représentant de la police tunisienne assistait aussi à cet entretien. [Note de l'éditeur]

mettrait en prison. Je ne connaissais pas Omar. Je l'ai simplement vu travailler le vendredi précédent. Je ne lui ai pas parlé. Je faisais mon boulot, lui le sien. Je ne savais pas qu'il y avait eu un meurtre. Je l'ai su trois jours après, quand j'ai vu sa photo dans le journal. Je crois être en mesure d'identifier la dame qui est sortie pour demander l'heure. »

Je suis persuadé que si les gendarmes avaient alors fait leur travail, on saurait aujourd'hui qui étaient ces deux personnes présentes à La Chamade le lundi matin, pourquoi elles avaient la clé de la maison et ce qu'elles venaient y faire. On saurait aussi sans doute quel lien il pouvait y avoir entre ces personnes et l'assassinat de Mme Marchal. Car il me semble évident que s'il n'y en avait pas eu, elles se seraient présentées spontanément aux gendarmes.

M. Guy M. ne s'est, lui, présenté à la PJ de Nice qu'en décembre 2001, soit dix ans après les faits. Son témoignage recoupe celui de Salah El Ouaer, puisqu'il déclare avoir déposé deux personnes à La Chamade le lundi 24 juin vers 11 h 45, et être venu les rechercher vers 14 h 15. Il conduisait alors, dit-il, une BMW immatriculée en Suisse. La justice n'a pas pris au sérieux ce témoignage qu'elle a jugé trop tardif, bien que le témoin ait expliqué ce retard par sa crainte des menaces qu'il avait reçues de la part de membres de l'Ordre du Temple solaire, pour qui il travaillait alors. Je n'ai pas suffisamment d'éléments pour en juger, et ce n'est d'ailleurs pas à moi à le faire. Mais je tiens à réagir à propos du deuxième reproche qui a été fait à ce témoin.

On a prétendu qu'il avait peut-être été manipulé et payé pour faire un faux témoignage. Mais j'aimerais qu'on me dise qui aurait payé dans ce cas ? Pas moi en tout cas. Je n'en ai ni les moyens ni le désir, et je n'ai jamais cherché à accuser quelqu'un d'autre pour me remplacer. Tout ce que je veux, c'est la vérité. Et elle n'aura pas besoin de faux témoignages pour éclater. Un faux témoignage dans une affaire aussi grave devrait d'ailleurs être très sévèrement puni par la justice.

Le verdict

L'avant-dernier jour du procès, le juge a demandé à un huissier d'apporter les deux portes avec les inscriptions en lettres de sang. Un silence total s'est alors installé dans la salle.

Le président Djian m'a demandé de regarder ces portes.

« Je vois comme tout le monde, lui ai-je simplement répondu. Cela ne concerne que ceux qui ont assassiné Mme Marchal. »

Ces portes, où étaient inscrites les phrases qui m'accusaient, n'étaient pas exhibées à la fin du procès par hasard. Elles étaient destinées à impressionner et à troubler l'esprit des jurés, du public et même des journalistes. Et ce fut hélas réussi.

Le président appela l'un des deux experts en écriture. Il avait apporté des mots croisés de Mme Marchal pour en comparer les lettres avec celles de la porte.

« Les deux écritures sont de la même main », déclara-t-il. Et, à Me Vergès qui lui demandait comment il pouvait en être aussi sûr : « La difficulté dans l'expertise en écriture, c'est qu'il n'y a pas de loi générale. Il y a une probabilité de deux tiers qu'elle ait écrit, et de un tiers non.

– Deux tiers, c'est l'écriture de Mme Marchal et un tiers, non. Est-ce que l'on condamne un homme sur des suppositions, des chances ? » a alors protesté Me Vergès.

En somme, tout ce qui aurait permis d'identifier le meurtrier avait disparu : le corps de la victime, ses dernières photos, les empreintes, et même certains témoins. Seuls restaient ces portes avec mon prénom écrit avec du sang.

Le dernier jour du procès, juste avant que la cour ne se retire pour délibérer, j'ai dit une dernière fois, en français : « Ce n'est pas moi qui ai tué Mme Marchal. Mme Marchal m'a fait beaucoup de bien. Elle était comme une mère. C'est pour rien que j'étais en prison. »

La délibération a duré plus de six heures. Je ne comprenais pas pourquoi il fallait autant de temps au jury pour décider si oui ou non j'étais coupable. Je restais pourtant encore très confiant et je ne doutais toujours pas que j'allais sortir du palais de justice libre. Car si j'avais compris que le président m'était hostile, j'étais persuadé que les jurés refuseraient de condamner un innocent sans preuves.

Je me suis trompé, cette fois encore. Le juge avait eu du mal, comme en ont témoigné des jurés après le procès, et il lui a fallu du temps mais il a réussi à convaincre les neuf jurés de me condamner, sans aucune preuve. Le témoignage de l'un d'eux, recueilli après le procès par un journaliste[1], montre de quelle façon le juge a réussi à me faire condamner.

« D'abord le président nous donnait la parole, à tour de rôle, pour que chacun puisse donner son impression, a-t-il expliqué, puis nous avons discuté les charges retenues contre Omar. Quand tout le monde s'était exprimé, le président reprenait la parole. Si quelqu'un avait exprimé un doute quant à la culpabilité d'Omar, on reprenait l'ensemble des faits. Gentiment, calmement, avec des mots simples. C'était très subtil et très long. On ne se sentait pas forcé, ses arguments portaient et, à la fin, on ne savait plus quoi penser. Pendant les interruptions de séance, on se rendait bien compte qu'il y avait une ambiance anti-Omar. En fait, ceux qui suivaient le président s'exprimaient le plus. Les autres, comme moi, restaient dans leur coin. Pendant le procès, deux des plus silencieux ont abandonné, prétextant des ennuis de santé. Ça m'a fait mal parce que je suis sûr qu'ils étaient comme moi bouleversés et qu'ils se sont retirés pour ne pas avoir à prendre parti. J'ai voulu faire mon devoir, mais si c'est ça la justice, bravo ! »

Le journaliste qui a recueilli ce témoignage a été condamné pour violation du secret de délibération. Comme l'ont été par la suite un journaliste du

1. Antoine Casubolo, « Procès Omar : des jurés rompent le silence », *VSD*, 10 février 1994.

Nouvel Observateur, Alain Chouffan, et l'écrivain Jean-Marie Rouart pour son livre, *Omar. La construction d'un coupable*[1].

La justice sait parfois être sévère. J'espère qu'elle le sera aussi enfin un jour à l'égard des juges qui l'ont bafouée en condamnant un innocent.

Dix-huit ans de réclusion…

Lorsque la sentence est tombée, c'est comme si on m'avait dit qu'un bateau venait d'entrer dans la pièce voisine alors qu'il n'y avait pas la mer… L'interprète n'arrivait pas à traduire. C'était d'ailleurs inutile, j'avais compris.

Toute la salle hurlait. Au milieu des cris, j'ai reconnu ceux de ma femme puis je l'ai vue tomber. Les gendarmes m'ont alors fait sortir très rapidement. Alors qu'ils me portaient presque pour marcher, je continuais à entendre les cris du public. Mais je crois bien que je ne comprenais même pas que c'était pour protester contre le verdict. Je ne comprenais d'ailleurs plus rien.

Et dans la fourgonnette qui me ramenait à la maison d'arrêt de Nice, je n'arrivais plus ni à respirer, ni à parler, ni même à penser. C'était un peu comme si ma vie s'était arrêtée. Je me souviens vaguement que le surveillant qui a ouvert la porte de la prison m'a demandé comment ça s'était passé. J'étais incapable de répondre. Mon codétenu,

1. Éditions de Fallois, 1994.

lui, n'a pas eu besoin de me poser la question. Il avait compris. « Je t'ai préparé à manger », m'a-t-il seulement dit. Comme je ne mangeais pas, il n'a pas touché à son repas non plus. Mais il a allumé la télévision pour comprendre ce qui s'était passé. Une foule de plusieurs centaines de personnes hurlait : « Il est innocent ! » C'est ce cri de révolte du public qui m'a sorti de ma torpeur et un peu réconforté. Il n'avait donc pas cru aux mensonges du juge.

Les détenus, qui venaient de découvrir le verdict à la télévision, tapaient contre les portes de leur cellule pour protester, eux aussi. À la télévision, Me Vergès s'adressait aux journalistes réunis devant le palais de justice, comparant mon affaire à l'affaire Dreyfus.

« Il y a cent ans, on condamnait le capitaine Dreyfus parce qu'il était juif. Aujourd'hui, on condamne un innocent parce qu'il a le tort d'être maghrébin. » Tout au long du procès, je m'étais refusé à croire que des hommes dont la fonction était aussi importante puissent être racistes. Même lorsque l'avocat général m'avait invité à me lever par ces mots : « Omar, debout ! » (Ce à quoi mon avocat avait aussitôt répliqué : « Omar a un nom, il s'appelle Raddad. Et il pourrait s'appeler Dupont. »)

Cette déclaration de mon avocat aux journalistes venait de m'ouvrir les yeux sur ce qui était devenu une évidence : l'avocat général et le président étaient bel et bien racistes, et ce racisme avait certainement influencé leur jugement, même si ce n'était pas la seule raison.

Après le procès, le procureur de Nice a déposé une plainte contre Me Vergès parce qu'il avait jugé offensante sa comparaison de mon affaire avec l'affaire Dreyfus. Je trouve pourtant que c'est la moindre des choses qu'un avocat ait, dans le pays des droits de l'homme, le droit de s'exprimer quand son client est victime d'une telle injustice.

Trente avocats sont venus du monde entier pour apporter leur soutien à Me Vergès. Loin de s'inquiéter le moins du monde d'une éventuelle sanction de la justice, mon avocat, gardant son sens de l'humour, m'avait alors demandé si j'accepterais d'être son défenseur. J'avais aussitôt accepté : « Si vous êtes condamné, nous serons désormais deux à être victimes d'une erreur judiciaire. » Mais la plainte n'a pas été suivie d'effets…

J'ai revécu par la suite, à maintes reprises, les dix jours de mon procès. Et j'ai pensé que le président semblait avoir oublié qu'il devait juger si j'avais ou non tué Mme Marchal, et non si j'étais un bon ou un mauvais musulman. Tout au long de ce procès, il a essayé de prouver que je ne respectais pas le Coran, parce que la femme de ménage m'avait vu manger pendant le ramadan, parce qu'une prostituée m'avait peut-être vu sur la Côte d'Azur ou parce que je jouais aux machines à sous. Ce sont là des « crimes » dont je pourrais, à la rigueur, avoir à rendre compte à la mosquée mais pas à la cour d'assises. Ce qui prouve, par ailleurs, que tout cela n'était que prétexte au juge pour essayer de m'accabler, c'est que les choses s'inversaient lorsqu'il s'agissait du rite du mouton, pourtant respecté par tout bon musulman. Je n'étais plus alors un bon musulman mais un homme cruel, capable d'égorger une femme comme il égorge un mouton. Pendant ces dix jours de procès, le président s'est donc acharné à mettre en avant mes petits défauts pour essayer de faire de moi un criminel. Mais tout le monde, dans ce cas, est criminel. Le président lui-même. Car chacun, hormis Dieu, a des défauts. Je pense que le fait de s'attarder sur les miens permettait, en outre, au juge d'éviter d'évoquer l'assassinat de Mme Marchal, comme si le sujet le dérangeait. Pendant qu'il jugeait si j'étais un bon musulman, un joueur ou un client de prostituées, il n'avait plus à juger si j'étais un assassin !

Le lendemain du verdict, à l'heure de la promenade, plusieurs détenus sont venus me voir. Ils m'ont dit qu'ils s'étaient tous concertés et qu'ils tenaient à manifester leur solidarité avec moi. Ils étaient très énervés, mais ils avaient d'abord voulu me demander ce que j'en pensais. J'ai réfléchi quelques instants, et je me suis dit que tout ça risquait de dégénérer et de faire beaucoup de torts aux détenus. Certains risquaient de se retrouver au mitard, d'autres de se voir privés de leurs remises de peine. Je m'en serais alors senti responsable. J'ai donc décidé de les dissuader de se révolter de quelque façon que ce soit.

« Je suis très touché par votre solidarité, leur ai-je dit, mais ce qui m'arrive n'a rien à voir avec le personnel de la maison d'arrêt. Les gardiens ne font qu'appliquer les ordres de la justice et ils m'ont toujours traité avec égards. Vous savez bien qu'on n'a aucun droit quand on est enfermé. Il faut laisser agir les gens qui sont dehors. »

Mes camarades m'ont dit qu'ils respecteraient mon choix et le calme est revenu dans la maison d'arrêt.

Cette même semaine, j'ai reçu plusieurs centaines de lettres de soutien que mes codétenus me lisaient à tour de rôle. Je les ai gardées soigneusement dans un classeur, en souvenir de l'immense réconfort qu'elles m'ont apporté. Il m'arrive encore aujourd'hui de les regarder. Et je regrette de ne pas avoir pu répondre à toutes, mais je tiens à remercier tous les gens qui ont su trouver les mots qu'il fallait pour m'aider à garder confiance dans les moments les plus horribles que j'ai traversés.

Les questions qui me hantaient

Durant ces longues années passées en prison, j'ai souvent repensé à ce que j'avais pu voir ou entendre durant ce procès. Et je me suis posé de nombreuses questions auxquelles je n'ai d'ailleurs jamais vraiment pu répondre. Les gendarmes et les juges ont dû se les poser, eux aussi, mais ne se sont pas embarrassés d'essayer d'y répondre. Ils auraient sans doute été bien en peine de le faire.

Les gendarmes ont affirmé, par exemple, que Mme Marchal avait écrit les deux phrases dans le noir, mais lorsque j'ai essayé, moi, d'écrire mon nom la nuit dans ma cellule, je n'ai jamais réussi à l'écrire autrement que de travers, et les lettres se chevauchaient. Je ne vois pas non plus comment Mme Marchal, qui avait été assommée à coups de chevron et avait reçu quinze coups de couteau, avait eu pourtant la force d'écrire « OMAR M'A TUER » sur une première porte, avant de se traîner six mètres plus loin pour ajouter « OMAR M'AT », puis de réussir encore à bloquer la porte à l'aide du lit de camp, d'une barre de fer et même d'un chevron (ajouté par la suite par les gendarmes) ! Je pense enfin que si Mme Marchal s'était déplacée, comme le prétend l'accusation, pour écrire ces deux phrases, les traces de sang de la blessure qu'elle portait à la cuisse auraient dû être verticales et non perpendiculaires au sol, comme c'était le cas. Le fait qu'elles aient été verticales prouve bien que Mme Marchal était morte lorsque l'assassin est parti et que ce n'est pas elle qui a écrit ces deux phrases. Et puis je ne pense pas que l'on écrive qu'on est mort alors qu'on est en train de lutter pour essayer de vivre. Mais l'assassin avait beau être très fort, il n'a pas eu le temps de réfléchir à tout.

Une deuxième condamnation

Le président Mitterrand n'a jamais daigné répondre à la lettre que je lui avais envoyée pour lui demander une grâce. Ce qui m'a à la fois beaucoup surpris, car j'attendais au moins une réponse d'un homme comme lui, et beaucoup choqué car j'ai trouvé que c'était un manque de correction de sa part. Si je comprends qu'il n'ait pas souhaité me gracier, je trouve qu'il aurait pu au moins m'en donner la raison.

Lorsque, par la suite, Me Vergès a fait pour moi la même demande au président Chirac, celui-ci m'a répondu en moins d'une semaine et je lui en suis très reconnaissant.

Le 10 février 1994, j'ai été transféré à la nouvelle maison d'arrêt de Grasse. Elle avait beau être beaucoup plus moderne et confortable que la précédente, je m'ennuyais toujours autant pendant ces journées qui n'en finissaient plus. J'étais désormais seul dans ma cellule, et, en dehors de l'heure de promenade du matin et de celle de l'après-midi, il ne se passait jamais rien.

Un détenu, dont j'avais fait la connaissance pendant la promenade, essaya de m'encourager à faire du sport avec lui. « Tu verras, tu ne pourras plus t'en passer, me répétait-il. Pendant l'effort, tu ne penses à rien, et après, ton corps va mieux, alors ta tête aussi. » Je savais qu'il avait raison. Mais je me sentais trop mal pour avoir ne serait-ce que le désir d'aller mieux. Il ne comprenait pas et insistait. « Allez, viens jouer au foot. Ça te fera du bien ! » Mais à quoi bon être en forme quand on sait qu'on restera de toute façon enfermé en prison ?

Non seulement je ne faisais pas de sport, mais je fumais à longueur de temps en ressassant les mêmes questions : Qui avait écrit « OMAR M'A TUER » ? Quelqu'un qui me connaissait, sans doute, mais pourquoi moi ? Lui arrivait-il parfois de penser à moi, qui payais à sa place ? Avait-il une conscience ? Croyait-il en Dieu ? C'était peu probable, car il n'aurait pas pu faire une chose pareille. Mais si, par extraordinaire, c'était le cas, il était encore bien plus à plaindre que moi !

Je pensais aussi, et je pense toujours, aux gendarmes. Au juge. Je me demande s'il leur arrive d'avoir des remords. Si c'est le cas, il est de toute façon trop tard pour le dire. Ils sont allés si loin ! Quel courage il leur faudrait pour faire marche arrière aujourd'hui ! L'un des gendarmes a reconnu au procès qu'il avait été surpris par mon calme pendant ma garde à vue : « Il était particulièrement calme, un calme incroyable pour quelqu'un qui était soupçonné de meurtre. » Et pourtant…

Pour passer le temps, et parce que j'ai toujours souffert de ne pas savoir lire, j'ai voulu apprendre pendant ma détention. Mais mon professeur avait beau avoir une patience immense, il ne pouvait pas m'aider à chasser de mon esprit les questions qui me tourmentaient à longueur de temps, m'empêchant de me concentrer sur les lettres de l'alphabet que j'oubliais au fur et à mesure que je les apprenais. C'était si désespérant que j'ai vite renoncé.

Ce sont donc mes codétenus qui ont continué à me lire les innombrables articles de presse qui parlaient de mon procès. Tous condamnaient très sévèrement la façon dont il s'était déroulé. Je les ai gardés, pour la plupart, et je les ai rangés dans une chemise avec mon dossier et les centaines de lettres que j'ai reçues. Ce qui représente un dossier énorme. « Qu'il y ait faute, faute de justice, faute de jugement est une évidence », disait *Le Quotidien de Paris*. « Aucune preuve matérielle de la culpabilité d'Omar n'a été apportée », écrivait le journaliste de *Sud-Ouest*.

Et je me souviens d'avoir entendu les résultats d'un sondage diffusé par France 2 qui révélait que 64 % des Français étaient favorables à un deuxième procès. Ce chiffre avait fait naître en moi un espoir d'autant plus grand que, avant d'avoir été moi-même victime d'une erreur judiciaire, je n'imaginais pas une seconde que la justice puisse se tromper, et que je ne me serais donc jamais prononcé en faveur d'un deuxième procès pour une personne qui avait déjà été jugée et condamnée.

C'est en regardant cette même chaîne que j'ai pourtant appris, le 9 mars 1995, que mon pourvoi en cassation avait été rejeté. Ce que je ressentis comme une deuxième condamnation, pire encore que la première puisque je savais que celle-ci était définitive. J'étais cruellement déçu, d'autant plus que j'avais espéré que les réactions du public et de la presse en ma faveur influenceraient la décision de la justice.

La fable marocaine

Alors que je me révoltais, seul dans ma cellule de neuf mètres carrés, contre cette terrible condamnation, j'ai pensé à cette phrase du Coran : « Celui qui tue et qui nie, Dieu le punira. » Et je me suis rappelé une fable très connue au Maroc, que l'on m'avait racontée lorsque j'étais petit. Dans la montagne, loin de tous les regards, un homme tue un autre homme et l'enterre aussitôt. Personne ne l'a vu. Le temps passe et la vie continue, si semblable à celle d'avant qu'il en oublie presque lui-même qu'il est un assassin… De nombreuses années plus tard, il repasse à l'endroit exact où il a commis son crime mais ne le reconnaît pas. C'est pourtant là qu'il avait enterré le corps de sa victime pour le dissimuler. Il s'apprête à poursuivre son chemin lorsque son regard est attiré par de magnifiques grappes de raisins, mûres à point. L'homme est si heureux de sa découverte qu'il ne se demande même pas comment ce raisin a pu mûrir alors que ce n'est pas la saison. Il choisit donc avec insouciance la plus belle grappe qu'il place avec précaution dans la capuche de sa djellaba. Sur le chemin du retour, il décide qu'il l'offrira au sultan, ce qui lui vaudra, pense-t-il, la considération du personnage le plus important de la région. À peine arrivé en ville, il demande donc à le rencontrer, en précisant qu'il a un cadeau exceptionnel à lui remettre. Intrigué, le sultan le reçoit dans son palais, au milieu de sa cour. Chacun observe avec intérêt cet homme qui prétend avoir un présent si rare. L'assassin plonge alors la main dans sa capuche et en retire non pas le précieux raisin, mais la tête ensanglantée de sa victime.

La morale de cette fable est qu'on ne peut pas cacher indéfiniment la vérité et que, un jour ou l'autre, elle finit par éclater.

Je suis persuadé que la personne qui a tué Mme Marchal se retrouvera un jour, comme l'homme de cette légende, face à son crime, et qu'il ne pourra pas le nier. Car l'âme de Mme Marchal souffre, elle aussi, que son meurtre soit à ce jour resté impuni, et elle ne peut trouver la paix. Son assassin croit, comme l'homme de la légende, qu'il ne risque plus rien parce que le juge et les gendarmes ont détruit toutes les preuves. Toutes, sauf les deux portes qu'on a utilisées pour me condamner. Et je crois que c'est d'elles qu'éclatera un jour la vérité. Car elles seules portent encore les traces de l'assassin.

Le mitard

Je m'entendais plutôt bien avec les surveillants, à qui je ne posais pas de problèmes. Comme je l'ai déjà dit, je m'efforçais de me rappeler qu'ils n'étaient pour rien dans mes malheurs et je les respectais de la même manière qu'eux-mêmes me respectaient. Ceux qui me croyaient innocents faisaient même preuve de gentillesse à mon égard et me traitaient avec moins de sévérité que les autres détenus.

Il m'est pourtant arrivé une fois de souffrir du comportement injuste d'un surveillant. Alors que je me préparais à rencontrer mon père au parloir, ce surveillant a prétendu que je me trompais de jour et que je n'avais pas de parloir ce jour-là. Ce qui m'a beaucoup étonné car j'attendais ces rendez-vous avec tant d'impatience que je ne me trompais jamais ni d'heure, ni de date. Mais le gardien insistait et il m'a bien fallu me résigner à l'idée que je ne verrais pas mon père. Alors que je venais tout juste de me changer pour une tenue plus décontractée, le surveillant est repassé et m'a simplement lancé, comme si de rien n'était : « Parloir ! » Je lui ai alors demandé s'il pouvait attendre quelques instants, le temps que je me change à nouveau. « Le parloir est annulé », m'a-t-il alors répondu sèchement. Bien sûr, j'ai protesté. Le ton est monté et il a fait un rapport au directeur. (Je ne savais pas encore qu'il avait poussé la cruauté jusqu'à faire dire à mon père par le surveillant de parloir que je refusais de le voir.) Lorsque le surveillant est revenu pour m'annoncer fièrement que j'avais huit jours de cachot, le ton est monté à nouveau, au point que le directeur lui-même s'est déplacé jusqu'à ma cellule. Il m'a demandé ce qui s'était passé et après avoir écouté mon explication, il a décidé de porter la sanction de huit jours à un jour de cachot. J'ai bien vu qu'il m'avait cru et qu'il trouvait injuste de ne pas lever complètement la sanction, mais il ne pouvait pas se permettre de donner raison à un détenu face à un surveillant. Je n'ai jamais compris le comportement de ce gardien et ce que pouvait lui apporter tant de cruauté. Et je l'ai vraiment détesté, cette nuit du 27 au 28 novembre 1995 que j'ai passée nu dans un cachot glacé.

Pour protester contre cette sanction injuste, j'avais refusé les draps et les couvertures qu'on m'avait apportés. Et les gardiens ont décidé de m'enlever mes vêtements, pour éviter que je tente de me pendre. Cette nuit-là, j'ai bien cru que j'allais mourir de froid. Pour essayer de me réchauffer, je marchais sans arrêt, jusqu'à tomber d'épuisement. Mais le sol en béton était si glacé qu'il me fallait aussitôt me relever. Je pense souvent, depuis, aux détenus qui sont condamnés à plusieurs jours de cachot et je me demande si les gens qui infligent de telles sanctions mesurent à quel point elles sont inhumaines.

Ma grâce, le 10 mai 1996

Le lendemain du rejet de mon pourvoi en cassation, Jacques Vergès est venu me rendre visite à Grasse. Une fois de plus, il a essayé de me convaincre que tout n'était pas perdu. Il allait, disait-il, envoyer à M. Chirac une lettre de recours en grâce, accompagnée de mon dossier. Avant de me quitter, il m'a dit que je devais aller à l'infirmerie car il me trouvait très pâle. Une semaine et demie plus tard, j'ai reçu une lettre qui m'a revigoré. C'était une réponse signée de monsieur le président Chirac, me disant qu'il avait bien reçu mon dossier et qu'il allait l'étudier avec la plus grande attention.

Chaque jour, je guettais donc le courrier, avec l'espoir qu'il m'apporterait des nouvelles de cette grâce. Mais une année a passé. Et je commençais vraiment à me décourager lorsque, un matin, j'ai entendu mon voisin de cellule frapper au mur. C'était le signal pour nous approcher de la fenêtre quand nous avions quelque chose à nous dire. « Ça y est, tu es gracié ! Ils l'ont dit à la radio ! » criait-il.

Ma première pensée a alors été pour Sa Majesté le roi Hassan II, sans qui je serais sans doute encore en prison. Me Vergès m'avait en effet expliqué que, lors de sa visite en France en 1996, Sa Majesté avait demandé au président Chirac de me gracier. Dès 1994, le roi avait demandé à rencontrer Me Vergès et Latifa, qu'il avait assurée de son soutien. Et je m'étais promis ce jour-là que la première chose que je ferais en sortant de prison serait d'aller remercier Sa Majesté le roi Hassan II. Il est malheureusement mort avant, et je regrette infiniment de ne pas avoir pu le faire. Mais je rendrai hommage à sa mémoire toute ma vie. Car la pensée que mon roi, et avec lui mon pays tout entier, me soutenait m'a beaucoup aidé à surmonter les terribles épreuves que j'ai traversées.

Bien sûr, j'étais très heureux, ce matin-là, mais la joie que je manifestais semblait insuffisante à mes codétenus qui n'en revenaient pas que j'aie obtenu une faveur aussi rare. « Tu sais, ça n'arrive pratiquement jamais. Est-ce que tu te rends compte de la chance que tu as ? » Une chance toute relative, ne pouvais-je m'empêcher de penser, pour quelqu'un qui est tout de même innocent ! Et puis j'étais déçu que le président ne m'ait pas accordé une grâce totale. Je ne bénéficiais en effet que d'une réduction de peine partielle. Il me faudrait donc encore attendre pour sortir. Combien de jours, sachant qu'une seule journée passée en prison est insupportable pour un innocent ? Je savais par ailleurs que cette grâce ne m'innocentait pas. Ma photo avait fait le tour du monde comme étant celle d'un assassin. Et je pensais déjà à l'étape suivante, ma réhabilitation. Une étape que je craignais longue et difficile. Ce sont ces réflexions qui me donnaient cet air grave que mes voisins de cellule ne comprenaient pas.

Je me suis dit par la suite que le président Chirac s'était déjà beaucoup engagé en ma faveur en décidant de m'accorder une grâce, même si elle n'était que partielle. Et je pense que c'est pour ménager la susceptibilité de la justice qu'il ne m'a pas accordé une grâce totale. Quelques jours après cette nouvelle, mon avocat est venu me voir pour m'annoncer qu'il allait déposer à la chancellerie une demande de libération conditionnelle. Je lui ai alors demandé de remercier pour moi monsieur le président Chirac et Sa Majesté le roi Hassan II.

La maison d'arrêt de Fresnes

Deux mois après l'obtention de ma grâce, j'ai été transféré à la prison de Marseille où je suis resté six jours avant d'être transféré cette fois à Fresnes. Ces six jours sont passés d'autant plus vite que le sous-directeur était très gentil avec moi. Il avait, par exemple, appelé Latifa pour la prévenir de mon transfert, ce qui ne faisait pas partie de ses fonctions. Mais cet homme, persuadé de mon innocence, essayait de faire tout ce qui était en son pouvoir pour tenter d'adoucir mon séjour dans cette prison. Il venait me voir et nous parlions ensemble. Il m'avait confié qu'il avait été particulièrement choqué par le changement de la date de décès de Mme Marchal. « Je ne crois pas une seconde à cette histoire de faute de frappe, me disait-il. C'est scandaleux ! »

Je m'entendais vraiment bien avec cet homme, qui essayait de me réconforter comme il le pouvait. Et notre séparation fut d'autant plus brutale pour moi que je me suis retrouvé ensuite à Fresnes, la maison d'arrêt la plus dure de France, où je suis entré le 16 juillet 1996, pour y passer les huit mois les plus horribles de ma longue détention.

On m'a d'abord placé dans un bâtiment réservé aux nouveaux arrivants condamnés à des peines supérieures à dix ans. Jamais je n'avais imaginé que le règlement d'une prison puisse être aussi sévère. Tout y est interdit. Et on est en permanence fouillé, surveillé, considéré comme un danger public qui attend la moindre défaillance d'un gardien pour s'échapper ou l'agresser. Sans doute parfois à juste titre. Mais ce règlement était bien dur pour moi. Et il me fallait faire constamment des efforts terribles pour me rappeler que je ne devais pas faire un geste aussi naturel que celui de mettre mes mains dans les poches, ou pour me rappeler mon numéro d'écrou lorsque je me rendais à un parloir. Le règlement de Fresnes interdit en effet de transporter le moindre objet sur soi, y compris sa carte de détenu qui pourrait, lors d'un parloir, être remise à une personne susceptible de vous remplacer dans votre cellule. J'avais si peur de faire, sans y penser, un geste interdit qu'il m'arrivait parfois de retenir jusqu'à mon souffle. Car les surveillants de Fresnes avaient en effet une consigne : appliquer en toutes circonstances et aveuglément le règlement. Ce qui m'avait valu de devoir un jour sortir de la douche sans avoir eu le temps de me rincer. Dix minutes pour la douche, c'était dix minutes, et pas une de plus. « C'est déjà dur pour nous qui savons pourquoi on est là, m'a dit un jour un détenu, alors pour toi… Je te plains vraiment ! »

Face à une telle sévérité, les détenus de Fresnes ne tiennent que par un seul espoir : celui d'être transféré le plus rapidement possible dans une centrale où les conditions de détention sont plus humaines. J'ai quitté cet endroit le cœur léger, le 13 mars 1997. C'est la seule maison d'arrêt d'où je suis sorti sans même saluer un détenu. Nous n'avions pas le droit de nous parler. Et je crois bien que nous n'en éprouvions même pas le désir.

La centrale de Muret

C'est dans la centrale de Muret, près de Toulouse, que j'allais attendre ma sortie de prison. Un endroit qui n'avait pas grand-chose à voir avec Fresnes et auquel je n'avais rien à reprocher, si ce n'est que c'était une prison. Mais une prison où les règles étaient plus humaines. Et j'étais vraiment heureux d'avoir à nouveau le droit de parler avec les autres détenus. Celui de pouvoir travailler aussi. À la fois pour gagner un peu d'argent et pour que le temps passe plus vite. J'avais choisi la couture, et je cousais des ourlets, des mouchoirs et de petits matelas pour les bébés. Ça faisait vraiment du bien de retrouver des gens avec des figures humaines. Et je me suis lié d'amitié avec un vieux monsieur condamné à perpétuité. Il connaissait parfaitement mon affaire et m'a dit qu'il avait écrit au président de la République et au ministre de la Justice pour leur signaler toutes les erreurs qu'il avait relevées dans mon dossier. J'ai été très touché d'apprendre que cet homme s'était donné la peine d'écrire ces deux longues lettres. Je me suis attaché aussi au directeur de la centrale. Comme le sous-directeur de la prison de Marseille, il était persuadé de mon innocence. Alors il venait souvent me voir et nous parlions. Petit à petit, il a gagné ma confiance et je lui ai un peu dévoilé mes sentiments, ce que je ne fais que très difficilement, car je suis très réservé. Je lui faisais part de mes inquiétudes, de mes doutes, de mes espoirs, aussi. Et il savait m'écouter.

Un des événements importants de mon séjour à la centrale de Muret fut ma première permission.

Ma première permission

Cela faisait maintenant six ans que je n'étais pas sorti de prison. Et j'appréhendais ma première sortie. Le choc fut plus brutal encore que ce à quoi je m'attendais. Je n'étais plus habitué au bruit et à l'agitation. Et la rumeur de la rue m'effrayait, même si j'étais heureux d'être dehors. Les voitures, la foule me terrorisaient, et le fait de traverser la rue relevait pour moi de l'exploit. Je n'avais pas marché depuis si longtemps qu'il me fallait réapprendre à le faire, et j'étais si maladroit que je titubais comme si j'avais bu. Comme je n'avais alors pas encore l'habitude que les gens me reconnaissent dans la rue, j'attribuais leurs regards au fait qu'ils me prenaient pour un ivrogne. Ce qui était un comble pour quelqu'un qui n'a jamais bu une goutte d'alcool de sa vie.

Lorsque j'ai voulu acheter des cigarettes, les choses se sont encore compliquées, car les billets de banque avaient changé pendant mon incarcération. J'ai pris le train pour Toulon où toute la famille m'attendait. C'était étrange de les retrouver tous dans un endroit que je ne connaissais pas. Mes fils étaient un peu intimidés, comme si j'avais été un étranger. Karim n'avait pas compris que ma sortie n'était que provisoire, et lorsque je lui ai annoncé que je devrais retourner en prison, il était terriblement triste et déçu. « Bientôt, je rentrerai à la maison, et ce sera pour toujours », lui ai-je promis après lui avoir expliqué ce qu'était une permission.

J'avais si peur qu'on me mette au cachot ou qu'on me prive de mes prochaines permissions si je rentrais en retard, que je me suis retrouvé devant la centrale de Muret avec un quart d'heure d'avance. Lorsqu'il a fallu sonner à la porte, j'ai bien cru que je n'y arriverais jamais. Il n'y avait ni juge, ni avocat pour m'obliger à le faire. J'étais libre. Et innocent. J'avais envie de prendre mes jambes à mon cou et de m'enfuir le plus loin possible. J'ai pourtant bien sonné. À l'heure pile. On m'avait fait confiance et je n'ai jamais trahi la confiance de quiconque. Le surveillant m'a fait entrer comme si tout était normal. Ça l'était pour lui. Pas pour moi.

L’attente

Le jour de ma sortie approchait, et je pensais beaucoup à mes enfants. Après tant d’années passées loin d’eux, je ne voulais pas rentrer à la maison les mains vides. J’ai donc eu l’idée de fabriquer pour eux un bateau en bois, et j’y consacrais une bonne partie de mon temps. J’étais heureux, car travailler à la fabrication de ce bateau me rapprochait déjà d’eux. Je savais pourtant que ma sortie n’était pas encore pour le lendemain. Pour obtenir de la chancellerie une autorisation de sortie, il me fallait d’abord trouver un contrat de travail. Je n’avais pas imaginé que cette recherche serait si longue et si compliquée. En effet, trois emplois ont été successivement refusés par la chancellerie, sans qu’on nous donne aucune explication. Les deux premiers étaient des emplois de jardinier. L’un chez une vieille dame qui avait contacté Me Vergès pour le lui proposer. L’autre chez Me Keita, qui allait devenir mon deuxième avocat. Le troisième était un emploi de manutentionnaire, proposé par le consulat du Maroc. Chaque fois, j’ai été très déçu, surtout pour les emplois de jardinier, car j’aurais aimé continuer à exercer ce métier que j’aime. Je ne comprenais pas en outre pourquoi la justice prolongeait sans cesse ma détention.

Un jour, enfin, le directeur de la prison de Muret m’a convoqué dans son bureau. « Est-ce que tu voudrais travailler dans une usine d’agroalimentaire ? » m’a-t-il demandé. Il savait bien que ça n’avait pas grand-chose à voir avec mon métier. Et comme je le regardais étonné, il m'a expliqué que cette offre venait d'une véritable entreprise, et que, pour cette raison, le ministère de la Justice l'accepterait probablement enfin. En fait, je n'avais pas le choix. Si je voulais sortir, je devais accepter une offre qui ne me convenait non pas à moi, mais à la justice. J'ai donc pris ce qui venait. Je crois que j'aurais accepté n'importe quoi, juste pour quitter enfin la prison.

Il m'a pourtant fallu y passer un été de plus. Chaque jour, j'espérais des nouvelles de mon avocat et je n'en pouvais plus de ne jamais voir le soleil. Enfin, au début du mois de septembre, Me Vergès est venu me prévenir que Mme Guigou allait donner son feu vert. « Prépare-toi à sortir d'ici environ une semaine », m'a-t-il dit. Il semblait vraiment heureux. J'étais fou de joie, moi aussi, et je me suis précipité dans la cabine téléphonique réservée aux détenus pour appeler mon père au Maroc. Il y avait longtemps que je n'avais pas entendu dans sa voix un peu de bonheur.

« J'arrive tout de suite ! » m'a-t-il dit. Mais je préférais qu'il reste un peu auprès de ma mère. Il m'avait consacré tant de temps, ces dernières années ! Ma mère aussi avait besoin qu'on s'occupe d'elle. Mon père m'a écouté, et pendant près de quinze jours toute la famille a fêté l'événement avec tous les voisins.

Ma sortie de prison, le 4 septembre 1998

Je n'ai pas dormi durant la nuit qui a précédé ce grand jour. Je voyais défiler devant mes yeux tous les événements qui s'étaient produits depuis mon arrestation, cet horrible jour de juin 1991, jusqu'à l'annonce de ma libération. Je pensais à tous les gens qui m'avaient soutenu, aux journalistes qui avaient écrit des articles en ma faveur et qui seraient sans doute là le lendemain matin. À mes enfants, que j'allais maintenant pouvoir serrer dans mes bras chaque jour. À Latifa qui avait toujours su rester une bonne mère pour eux, même dans les pires moments. À mon père, qui allait enfin trouver un peu de répit. À ma mère que j'irais embrasser dès que je le pourrais. J'avais attendu ce jour-là durant sept ans, deux mois et huit jours, durant lesquels chaque seconde était une éternité.

Tôt le matin, de nombreux détenus sont venus dans ma cellule pour me dire au revoir et me souhaiter bonne chance. Je les ai remerciés de tout ce qu'ils avaient fait pour moi. Et nous étions tous très émus. Avant de nous séparer, ils m'ont rappelé que je ne devais jamais cesser mon combat pour ma réhabilitation. Ils craignaient qu'une fois dehors je finisse par renoncer, par lassitude, ou pour essayer d'oublier. Je les ai rassurés : « Je vous donne ma parole que jamais je n'arrêterai de me battre, et vous verrez qu'un jour je serai réhabilité. »

Je sais qu'aujourd'hui encore ils continuent à suivre l'évolution de mon affaire à travers les journaux, et j'aimerais qu'ils sachent que je n'ai jamais cessé de penser à eux.

Le directeur de la centrale est venu me voir, à son tour. Il m'a souhaité bonne chance, lui aussi. « Tu vois, tout arrive », m'a-t-il dit. Il semblait vraiment heureux pour moi. Comme l'était aussi le surveillant qui m'a accompagné jusqu'à la porte. Si tous ces gens continuaient à être si gentils avec moi, j'allais finir par pleurer… Ça n'était tout de même pas le moment ! Dans quelques instants, je serais dehors. Enfin. Et je ne voulais pas arriver en larmes devant les journalistes. Pour oublier mon émotion, j'essayais de me concentrer sur ce que je faisais. Et je comptais les portes. Il y a d'abord eu celle de ma cellule, puis une deuxième, une troisième. Restaient encore quatre grilles et je serais libre ! Plus j'approchais de la sortie, plus mes idées se bousculaient dans ma tête. Je pensais maintenant à ma mère que j'allais retrouver après huit ans et demi, et j'imaginais avec effroi comme elle avait dû changer. Elle avait tant souffert ! Joie et tristesse se mélangeaient dans ma tête. Et la perspective de tout ce qui m'attendait dehors me donnait le vertige. Je chancelais donc un peu lorsque je suis arrivé sur le parking, devant la grille principale de la prison. Heureusement, Me Vergès était là pour me soutenir. Il m'a embrassé puis il s'est emparé vigoureusement de l'un de mes sacs. C'était celui où se trouvait le bateau que j'avais fabriqué pour mes enfants et j'avais très peur qu'il le casse.

Mais comme je ne voulais pas le vexer, je me contentais de le surveiller, sans rien oser lui dire.

Ensemble, nous avons franchi la dernière grille. Des centaines de journalistes m'attendaient. Une femme s'est jetée sur moi pour m'embrasser. Un homme agitait une banderole sur laquelle il avait écrit : OMAR INNOCENT !

Les journalistes se bousculaient et m'appelaient, me pressant de questions : « Omar, que ressentez-vous ? » « Comment avez-vous vécu toutes ces années en prison ? » Je n'avais pas l'habitude de m'adresser aux caméras, mais cette phrase-là est sortie tout droit du cœur : « C'est une injustice. Il ne faut pas laisser la justice faire n'importe quoi ! » J'étais étonné, moi qui avais tant respecté la justice, d'oser désormais l'accuser avec cette assurance, mais il y avait trop longtemps que je gardais tout ça pour moi.

J'ai encore répondu à quelques questions, puis mon avocat m'a entraîné vers la voiture de Me Keita qui assurait désormais ma défense à ses côtés. Il était venu me chercher d'Aix-en-Provence pour me raccompagner ensuite chez moi. J'ai eu tout juste le temps de remercier les journalistes et nous nous sommes engouffrés à quatre, avec Me Vergès et le détective Roger-Marc Moreau, dans la voiture de Me Keita.

Plusieurs journalistes nous ont suivis en voiture, ou même en moto, de Toulouse jusqu'au domicile de Me Keita, à Aix-en-Provence. Je n'en revenais pas d'être escorté de la sorte, et j'étais un peu inquiet de voir certains d'entre eux prendre des risques pour me photographier dans la voiture. Je me souviens d'un photographe, en particulier, qui a fait les quatre cents kilomètres qui séparent Toulouse d'Aix-en-Provence, sur une petite moto. J'ai découvert ce jour-là combien certains journalistes étaient opiniâtres. Et j'ai pensé que leurs chefs devaient être bien exigeants pour qu'ils prennent de tels risques.

À Aix, Me Keita nous a conduits chez lui. Comme je voulais éviter que mes enfants soient choqués par la présence des journalistes, je n'avais en effet pas voulu rentrer chez moi directement. Des dizaines de journalistes nous attendaient déjà devant chez Me Keita qui était un peu submergé. Il essaya bien de leur expliquer qu'il ne pouvait pas laisser entrer tout le monde. Mais il dut renoncer, et tous s'engouffrèrent chez lui. Mme Keita, qui n'attendait pas autant de monde à déjeuner, semblait un peu inquiète, d'autant qu'en quelques minutes sa salle de séjour s'était transformée en salle de presse.

Les journalistes se battaient presque pour m'interviewer, et je faisais ce que je pouvais pour répondre à tous. Mais je ne comprenais pas que certains me demandent des rendez-vous pour le lendemain, alors que je leur avais déjà tout dit : j'avais beaucoup souffert en prison, j'étais heureux de sortir et de retrouver ma famille, et mon combat contre l'injustice dont j'étais victime continuait. Ça n'est que beaucoup plus tard que Me Vergès a pu enfin m'expliquer la notion d'exclusivité. Entre-temps, Mme Keita avait réussi, je ne sais comment, à préparer à manger pour tout le monde. Elle avait dressé une grande table dans le jardin et nous a invités à y prendre place, ce qui m'a enfin permis de faire une pause.

Je me suis souvenu par la suite que ce jeune garçon blond si gentil qui servait à table n'était autre que Jean-Édouard, celui qui allait devenir célèbre grâce à l'émission de télévision « Loft Story »... C'était le fils de la voisine, qui voulait alors devenir avocat. Quelques années plus tard, quand j'ai dit à mes enfants que j'avais des photos de Jean-Édouard et moi, ils ont d'abord cru à une farce, mais lorsqu'ils ont vu que c'était vrai, ils étaient tout excités. C'est bien la seule fois où ce qu'il faut bien appeler ma célébrité les a fait sourire.

À table, j'étais très intimidé, un peu perdu, aussi. Mes avocats discutaient et blaguaient avec les journalistes. Ils évoquaient ensemble des affaires que je ne connaissais pas, et, la plupart du temps, je ne comprenais pas ce qu'ils disaient. Je restais donc dans mon coin, un peu abasourdi par tout ce qui m'arrivait. Je commençais aussi à m'inquiéter du temps qui passait, car je savais que mes enfants et ma femme m'attendaient. Lorsque le repas s'est terminé, j'espérais que les journalistes s'en iraient et que je pourrais enfin rentrer à la maison. Mais les journalistes, décidément insatiables, voulaient au contraire poursuivre les interviews et les photos. J'essayais bien de leur faire comprendre que j'avais déjà tout dit, mais je n'osais pas vraiment refuser. Me Vergès et Me Keita tentaient, de leur côté, de leur expliquer que la journée avait été longue et que j'avais très envie d'embrasser ma femme et mes enfants, mais ils ne voulaient rien entendre. Comme le soir approchait, il a bien fallu trouver une solution pour que je puisse rentrer chez moi discrètement. Me Keita a alors eu l'idée de me faire sortir par une petite porte située au fond du jardin. Et pour que les journalistes ne repèrent pas aussitôt sa 205 bleu pétrole, il a emprunté la voiture de la mère de Jean-Édouard, beaucoup plus discrète. Je regrette d'avoir faussé compagnie de cette façon aux journalistes, mais je crois que c'était vraiment le seul moyen de rentrer à la maison, où ma femme et mes enfants commençaient à se demander ce que je pouvais bien faire.

« Pourquoi tu n'es pas venu plus tôt ? » m'ont reproché mes enfants, à peine j'avais franchi le seuil. Je leur ai dit combien je regrettais de ne pas avoir pu le faire, et je leur ai expliqué du mieux que je pouvais l'intérêt des journalistes pour mon histoire. « C'est aussi grâce à eux que je suis ici », ai-je ajouté. Karim et Youssef ont pourtant continué à être un peu distants, comme on peut l'être à cet âge-là avec quelqu'un que l'on connaît si peu. Youssef, qui ne m'avait jamais vu ailleurs qu'en prison, avait beau savoir que j'étais son père, il appelait le frère de Latifa « papa ». Et c'était aussi étrange pour eux d'avoir un père à la maison après en avoir été privés pendant des années que ça l'était pour moi de retrouver mes deux enfants déjà grands.

J'étais un peu maladroit, presque intimidé. Et il a fallu apprendre, ou réapprendre, à nous connaître. Au début, je me comportais avec mes enfants davantage comme un ami que comme un père. Je n'osais pas élever la voix, et encore moins les punir, car chaque fois que j'aurais dû le faire, je ne pouvais m'empêcher de penser combien ils avaient souffert déjà, si petits. Ils en ont un peu profité. Quels enfants ne l'auraient pas fait ? Aujourd'hui, je m'efforce d'être plus exigeant et plus sévère, même si je ne leur refuse que rarement ce qu'ils me demandent. Je suis si content lorsque je les vois heureux ! Comme le jour où j'ai accepté d'inscrire Youssef, qui rêve de devenir footballeur professionnel, dans un club un peu trop cher pour nous. J'essaie aussi de leur laisser une certaine liberté dans leurs choix. Et quand ils ont refusé d'aller au cours d'arabe le mercredi, en prétendant que c'était trop dur et qu'ils apprendraient bien l'arabe avec Latifa et moi, j'ai respecté ce choix, bien que cela me contrarie un peu. Je pense qu'ils préféraient surtout continuer à jouer le mercredi… Peut-être en décideront-ils autrement un jour. Il est une chose, en revanche, sur laquelle je suis intransigeant, c'est leur travail à l'école, car je ne veux pas qu'ils se retrouvent un jour, comme moi, une proie sans défense entre les mains de policiers ou de juges en mal de coupable. Je leur ai expliqué combien j'avais regretté de n'être pas allé à l'école, et combien ma mère l'avait regretté, elle aussi. Et je crois qu'ils ont compris.

Mes premiers jours de liberté

Le lendemain de ma sortie de prison, lorsque je suis descendu dans la cour de mon immeuble, j'ai remarqué des gens qui préparaient joyeusement des tables. Je me suis dit que j'étais arrivé dans un bien curieux endroit où l'on s'installait ainsi dans la cour pour déjeuner. Et je devais en effet avoir l'air effaré car ils m'ont dit en riant : « Tu en fais une tête, Omar ! Qu'est-ce que tu crois ? C'est pour toi qu'on prépare la fête ! » Depuis le matin, ils s'étaient efforcés de tout installer en silence parce qu'ils voulaient me faire une surprise. Elle était d'autant plus grande que je ne connaissais pas du tout ces voisins, car Latifa avait quitté Le Cannet, après mon arrestation, pour venir s'installer à Toulon, près de sa famille.

Mes dix premiers jours de liberté se sont écoulés dans le plus grand calme. J'appréciais ces petites joies simples de la vie, dont on oublie à quel point elles sont importantes lorsqu'on n'en est pas privé. Manger à table avec sa famille, jouer avec les enfants, marcher dans la rue… Et je commençais à redevenir celui que je n'aurais jamais dû cesser d'être, Omar, un homme sans histoires, père de famille. Un peu plus vieux et beaucoup plus grave.

La rentrée des classes approchait maintenant, et j'avais dit aux enfants que je les accompagnerais. Mais ils ont préféré que je ne vienne pas, pour éviter de ranimer la curiosité de leurs camarades et des instituteurs. Comme je les ai compris ! Comme moi, Karim et Youssef n'ont toujours eu qu'une envie : vivre comme tout le monde, et rester anonymes. C'est ce que j'ai réussi à faire pendant ces quelques jours de répit après l'agitation de ma sortie de prison. Mais le calme n'allait pas durer…

Mon premier jour de travail

Le 14 septembre, jour où je devais commencer à travailler chez Hassan Bouad, un homme a sonné de très bonne heure chez moi. C'était un employé que mon patron m'avait envoyé pour que je ne me perde pas dans la banlieue de Marseille, où se trouve l'entreprise. Lorsque nous sommes arrivés chez Bouad, vers 7 heures du matin, des journalistes m'attendaient déjà. Je dois dire que je les avais oubliés et que je me suis d'abord demandé ce qu'ils faisaient là, de si bonne heure. Mon patron m'a alors expliqué qu'ils avaient si peur de me manquer que certains avaient dormi sur place…

J'avais de la sympathie pour eux, mais il me fallait tout de même travailler. Comme je leur étais très reconnaissant d'avoir respecté ma volonté de garder mes enfants en dehors de tout ça, j'ai pourtant accepté, avec l'accord de mon patron, de leur consacrer ce qui n'aurait dû être que quelques minutes.

Ma première journée de travail a en fait tout juste suffi. Heureusement, mon patron, Hassan, n'était pas mécontent de la publicité que tous ces reportages allaient lui apporter, et je crois même qu'il y prenait goût. Je n'étais pas encore très habitué à poser pour des photos, mais j'étais très docile et j'essayais d'obéir du mieux que je pouvais aux exigences des photographes. Et tant pis si je me sentais un peu comme un pantin entre leurs mains : « Souris, recule, avance, mets ta blouse, retire-la. Place-toi devant la porte, non pas là ! » J'étais un peu tendu mais j'essayais de suivre le rythme le moins maladroitement possible. Ce n'est pourtant pas moi, mais un cameraman de M6 qui a fini par tomber en reculant. Ce qui a provoqué les rires de toute l'assemblée…

Dans les jours qui ont suivi, l'entreprise Bouad a été prise d'assaut par les journalistes qui appelaient continuellement. Et si la standardiste a eu la gentillesse de ne jamais s'en plaindre, elle devait vraiment en avoir assez de prendre des centaines de messages par jour pour moi. Elle restait pourtant très gentille, comme l'ensemble de mes nouveaux collègues, d'ailleurs. Et je ne sais pas si je me serais habitué aussi vite à mes nouvelles conditions de travail – étiqueter des emballages de charcuterie dans une pièce maintenue à moins dix degrés – sans leur accueil chaleureux. J'étais en effet à nouveau privé de la lumière et de la chaleur du soleil et c'était très dur pour moi. Heureusement, mon patron était très gentil, lui aussi. Et il m'autorisait à m'absenter chaque fois que c'était nécessaire pour régler des problèmes qui concernaient mon affaire, ou pour me rendre au commissariat de Toulon. Jusqu'au 23 février 2001, je me trouvais en effet encore en liberté surveillée et je devais me rendre tous les quinze jours au commissariat pour signer des papiers.

L'Académie française

Un matin, j'ai reçu un très joli carton d'invitation. Et lorsque mon fils m'a dit que j'étais invité à une cérémonie de « Remise d'épée » à l'Académie française, je me suis dit qu'il devait y avoir une erreur. Mais c'était bien mon nom qui était écrit, et mon fils m'a précisé que le carton venait de Jean-Marie Rouart. J'avais vu Jean-Marie Rouart pour la première fois à la télévision, alors qu'il parlait de mon affaire, et ce qu'il en disait m'avait tellement touché que j'avais demandé à mon avocat qui était cet homme qui me défendait si bien. Me Vergès m'avait alors expliqué qu'il s'agissait d'un écrivain, et j'en avais ressenti une grande fierté. Je sais combien il est important que des gens comme lui, qui s'expriment très bien, viennent en aide à des gens comme moi. En 1994, Jean-Marie Rouart a écrit un livre, *Omar. La construction d'un coupable*[1], qu'il m'a envoyé en prison. Cela m'a beaucoup réconforté de savoir qu'un homme de lettres avait pris la peine de se pencher sur mon histoire, car on a toujours le sentiment que le monde extérieur nous oublie lorsqu'on est en prison. Ce qui est d'ailleurs souvent le cas. Je garderai ce carton d'invitation à l'Académie française toute ma vie, car je ne suis pas certain qu'une telle occasion se représente souvent.

1. *Op. cit.*

C'était le 12 novembre 1998. J'étais très impressionné par la beauté des lieux et des plafonds, en particulier, et je me suis penché à l'oreille de Me Keita, qui m'accompagnait, pour lui dire mon étonnement : « Hier j'étais dans une cellule avec les cafards. Aujourd'hui, je suis à l'Académie française. La vie est tout de même vraiment étrange ! » Une dame a commencé un discours dans lequel elle rendait hommage à Jean-Marie Rouart. J'essayais bien de me concentrer, mais ce qu'elle disait était compliqué et je ne comprenais pas grand-chose. Lorsqu'elle a évoqué ce que Jean-Marie Rouart avait fait pour me défendre, tout le monde s'est tourné vers moi. Ce qui m'a beaucoup intimidé. Puis rassuré. Car ces regards étaient bienveillants. Et j'ai pensé que je ne devais jamais oublier que si les juges qui m'avaient condamné étaient racistes, la plupart des Français ne l'étaient pas.

Jean-Marie Rouart a pris la parole à son tour. Je ne comprenais toujours pas ce qu'il disait, et je commençais à être très fatigué. Ce qui fait que je me suis endormi. Me Keita essayait de me réveiller en me poussant du coude.

Après le discours, on m'a présenté des gens sans doute très importants, mais que, pour la plupart, je ne connaissais pas. Je serrais des mains, sans trop savoir à qui elles appartenaient. Cela me faisait penser aux hommes politiques que j'avais souvent vus faire ce geste automatique avec un sourire forcé. Je trouvais la situation à la fois incongrue et un peu comique. Lorsqu'on est venu me proposer du champagne, j'ai dit que je préférais du Coca-

Cola, car je ne bois pas d'alcool. Une fois seulement je ferai peut-être une exception, le jour où je serai réhabilité.

Retour au pays

Depuis longtemps, je rêvais de retourner au pays pour embrasser ma mère, que je n'avais pas vue depuis neuf ans. Il m'a pourtant fallu encore attendre sept mois après ma sortie de prison, le temps d'obtenir du juge l'autorisation de sortir du territoire français, car je me trouvais encore en liberté surveillée. Il a fini par arriver ce jour tant attendu, et, lorsque, en fin d'après-midi, j'ai atterri à l'aéroport d'Oujda, j'étais vraiment très ému. J'ai d'abord reconnu l'odeur de mon pays, celle du désert. Une odeur impossible à décrire. Le soleil déjà bas dans le ciel commençait à rougir. Je ne pensais plus qu'au bonheur d'embrasser ma mère dont la tendresse m'avait tant manqué durant ces longues années. Je pensais aussi à mes frères et sœurs. Pendant mon absence, ma sœur Sarida s'était mariée. Elle avait eu une fille et un garçon qui étaient grands, déjà.

Alors que j'attendais mon tour à la douane, un policier m'a sorti brutalement de mes rêveries : « C'est lui ! C'est Omar Raddad ! » criait-il. Il s'est approché de moi et m'a montré le magazine français qu'il lisait. « C'est incroyable, j'étais justement en train de lire un article sur toi ! » Ses collègues et les douaniers sont alors tous arrivés. Ils m'ont posé mille questions à la fois pour vérifier si ce qu'ils avaient lu dans les journaux était vrai, ce qu'ils avaient beaucoup de mal à croire. Ils doutaient en particulier du fait que les gendarmes n'aient pas relevé les empreintes de l'assassin. Et refusaient de croire qu'un juge français ait pu faire changer la date d'une expertise parce qu'elle allait à l'encontre de son « intime conviction ». Comme moi, ces Marocains avaient appris que la justice française est un modèle pour le monde entier. Et des anomalies aussi graves leur semblaient si inconcevables qu'ils soupçonnaient les journalistes d'avoir exagéré. Alors que je répondais à toutes les questions qu'on me posait, les voyageurs de l'aéroport s'étaient rassemblés peu à peu autour de moi et formaient maintenant un véritable attroupement. Il m'a donc fallu, pendant près de trois heures, répéter mon histoire pour chaque nouvel arrivant. Après quoi, tous ont eu la même réaction, celle de me dire que j'avais le devoir de me battre pour obtenir un deuxième procès. Pour défendre non seulement mon honneur, mais aussi celui de mon pays.

Comme à mes codétenus le jour où je suis sorti de prison, j'ai promis à ces Marocains que jamais je ne renoncerais. Puis je leur ai expliqué que je devais maintenant prendre la route pour aller retrouver ma mère. Je commençais en effet à craindre de ne pas pouvoir l'embrasser ce jour-là. Heureusement, les douaniers avaient pensé à demander au taxi qui devait me conduire à Beni Oulichek de m'attendre. Mais sur la route, ce sont les douaniers de la douane volante qui m'ont reconnu. Et comme je suis incapable de refuser quelque chose à quelqu'un qui me le demande gentiment, il m'a bien fallu recommencer à répondre aux mêmes questions. J'étais bien Omar Raddad. Les journalistes n'avaient rien inventé. Le juge avait donné l'autorisation de détruire les preuves. Et, bien sûr, j'allais continuer à me battre…

Mais le soleil se couchait maintenant, et ma mère m'attendait. Je suis arrivé dans mon village à la nuit tombée. Il avait bien changé et s'était agrandi : il comptait six maisons supplémentaires. Celle de mes parents avait changé, elle aussi, car mon père avait fini de la restaurer et les arbres que j'avais plantés avant de partir avaient poussé.

Enfin, j'allais rentrer chez moi, et je retins mes larmes en franchissant le seuil. Une fois seulement dans ma vie, j'avais pleuré. C'était le jour où mon père m'avait annoncé la mort de mon oncle Mohamed alors que j'étais en prison. J'aimais énormément cet oncle, et ce jour-là j'ai vraiment haï les gens qui m'avaient privé des derniers moments de cet être si cher. Souvent, j'avais tremblé à l'idée que je ne reverrais pas certains de mes proches. Et je pensais plus particulièrement à ma grand-mère maternelle qui était déjà très âgée. Grâce à Dieu, je l'ai retrouvée, aux côtés de ma mère, ce soir-là. Et si mes larmes ne coulaient pas lorsque je l'ai serrée dans mes bras, mon cœur pleurait, tant j'étais heureux.

C'est ma sœur Malika qui a ouvert la porte de la maison. Elle était en larmes. Je lui ai dit qu'elle ne devait pas pleurer. Ma mère, elle, ne pleurait pas mais son visage avait vieilli et s'était terriblement amaigri. « Ça fait trop longtemps que je pleure, m'a-t-elle dit en me serrant dans ses bras. Ce soir, je ne verserai aucune larme, même de joie. » Puis elle a ajouté : « Dieu est grand. »

Ma mère avait préparé des gâteaux et la maison avait l'odeur des jours heureux, comme jadis lorsque mon père rentrait pour l'été. Le visage de ma mère s'est pourtant soudain assombri. Elle voulait que je lui dise comment était la prison. J'ai changé de conversation. Il m'aurait fallu lui mentir, ce que je n'ai jamais fait. Elle n'a pas insisté. Elle avait compris.

Entre-temps, le reste de la famille et tous les voisins avaient appris que j'étais arrivé. Ils venaient frapper à la porte les uns après les autres. Tous voulaient me voir, et surtout, savoir… Il m'a donc fallu reprendre mon récit. J'étais épuisé par cette longue journée pleine d'émotions, mais je ne voulais pas interrompre ces retrouvailles. Alors j'ai répondu une fois de plus aux mêmes questions jusqu'à 2 heures du matin, heure à laquelle chacun a fini par reconnaître qu'il irait volontiers se coucher.

Le lendemain matin, le caïd est venu me souhaiter la bienvenue à son tour. Il m'a longuement parlé de l'affaire, qu'il connaissait très bien. Comme les autres, il m'a dit que je devais continuer à me battre pour retrouver mon honneur.

Les jours qui ont suivi, de nombreuses personnes sont arrivées, parfois de très loin, pour me soutenir, elles aussi. Il fallait donc les loger et les nourrir, comme le veut la tradition marocaine. La maison ne désemplissait donc pas, et ma mère et mes sœurs ne quittaient plus la cuisine.

De mon côté, je n'osais pas m'absenter, car je ne voulais pas que tous ces gens si gentils aient à m'attendre. Pendant les vingt jours que j'ai passés à la maison, je n'ai donc pas eu le temps d'aller voir la mer que j'aime tant. Et lorsque le moment est venu de rentrer en France, j'étais bien plus fatigué qu'en arrivant. Mais j'étais heureux. Heureux d'avoir enfin vu ma famille, bien sûr, mais heureux aussi d'avoir constaté que les Marocains étaient tous avec moi.

Lorsque j'ai repris l'avion à Oujda, les policiers et les douaniers m'ont salué chaleureusement. « Souviens-toi que tu dois défendre l'honneur de ton pays ! » m'ont-ils rappelé.

Ce séjour dans mon pays m'avait redonné des forces et du courage. Et je voulais, plus que jamais, obtenir la révision de mon procès.

Requête en révision

Quelques mois après mon retour en France, Me Vergès a déposé le dossier de requête en révision à la commission de révision des condamnations pénales de la Cour de cassation. Un dossier de quarante-sept pages contenant les contre-expertises de sept experts en écriture agréés près la cour d'appel en France, et des trois de leurs collègues européens (espagnol, belge, italien), qui tous arrivent à la même conclusion :

> Les écritures litigieuses « OMAR M'A TUER » et « OMAR M'AT » ne sont pas de la main de Mme Marchal.

Voici une partie du rapport de Mme Danièle Dumont, expert judiciaire près la cour d'appel de Dijon, contenu dans ce dossier :

> Le geste est assuré, le O bien galbé, l'inclinaison sensiblement régulière, la ligne de base fermement tenue, le télescopage entre les lettres est évité, les deux lignes sont nettement séparées, les grammas de chaque lettre sont bien ajustés entre eux, ainsi que la fermeture du O. L'ensemble de ces caractéristiques graphiques signale un auteur en pleine possession de ses moyens et sensible à l'aspect esthétique du message. La qualité de l'écriture est incompatible avec l'état de Mme Marchal.

Et Mme Dumont conclut son rapport de la façon suivante :

> Outre l'absence de concordance probante qui ressort de l'examen comparatif, l'examen critique de l'écriture en question exclut qu'elle puisse être de la main de la victime.

Certains pourraient objecter que la graphologie n'est pas une science exacte, ce à quoi je ne saurais répondre. Mais ce que je peux dire, c'est qu'elle a joué un rôle essentiel dans ma condamnation et que, dans ce cas, elle pouvait aussi en jouer un dans ma défense, car il ne peut pas y avoir deux poids deux mesures. Suivent, dans un rapport de sept pages, les observations du docteur Fournier, professeur émérite à la faculté de médecine Lariboisière-Saint-Louis, et expert honoraire agréé près la Cour de cassation, sur le rapport du docteur Page, effectué le 28 juin 1991. Voici ses conclusions :

> 1 – La date de la mort de Mme de Renty ne peut être fixée avec certitude entre le 23 juin 1991 au matin et le 24 juin vers 14-15 heures, avec une probabilité plus nette en faveur du décès dans la matinée du 24 juin.
> 2 – L'examen des blessures est insuffisant pour indiquer l'importance de l'hémorragie, la chronologie des violences, pour qualifier les blessures de la tête et peut-être de la face.
> 3 – Enfin, de nombreuses contradictions ou insuffisances proches d'un refus de recherche dans un esprit contradictoire à une première impression apparaissent à la lecture du dossier et à un examen élémentaire des pièces essentielles.

Suit un ensemble de témoignages (dont ceux de Mimoun et de Salah El Ouaer) rassemblés par le détective Roger-Marc Moreau et plusieurs journalistes. Ces témoignages n'ont, pour certains d'entre eux, jamais été recueillis par les gendarmes, ou diffèrent totalement des procès-verbaux de gendarmerie.

Les analyses génétiques qui m'innocentent

Je tiens d'abord à préciser que ce n'est pas à la demande de la justice, comme beaucoup l'ont cru, mais à la mienne et à celle de mes avocats, que des recherches ont été entreprises pour déterminer si les phrases « OMAR M'A TUER » et « OMAR M'AT » avaient bien été écrites avec le sang de Mme Marchal. Les juges de la commission de révision ont alors choisi leurs propres experts pour déterminer s'il s'agissait du sang de la victime.

Lorsque, quelques jours plus tard, j'ai appelé Jacques Vergès pour lui demander s'il avait les résultats de l'expertise, il m'a simplement répondu : « Il y a une bonne nouvelle, je viens t'en parler. » Nous sommes donc allés l'attendre, Me Keita et moi, à l'aéroport de Marseille. Me Vergès avait son sourire des bons jours : « Il s'agit bien du sang de Mme Marchal, m'a-t-il dit sans me faire attendre davantage, mais les experts de la police scientifique ont aussi trouvé de l'ADN masculin sur la trace de main laissée par Mme Marchal, sous l'inscription "OMAR M'AT" sur la deuxième porte de la cave. Tu es d'accord pour que l'on compare ton ADN avec cet ADN masculin ? »

Mon avocat connaissait ma réponse… Sans réfléchir une seconde, je lui ai répondu que j'étais prêt à donner un doigt entier, si c'était nécessaire à la découverte de la vérité. Me Vergès m'a alors répondu en riant que ça ne l'était pas, et que je pouvais garder mes doigts. Il nous a ensuite emmenés au restaurant. Nous étions tellement heureux, mes avocats et moi, à la perspective de pouvoir enfin avoir recours à une expertise pour prouver mon innocence que nous plaisantions tous les trois comme des enfants, et qu'un rien nous amusait. Comme la mésaventure de cet homme, qui, à force de passer et repasser devant la terrasse du restaurant pour s'assurer qu'il nous avait bien reconnus, Me Vergès et moi, avait fini par entrer dans un poteau. Nous avions alors dû faire des efforts terribles pour ne pas pouffer de rire.

Quelques jours plus tard, le 4 janvier 2000, j'ai pris l'avion pour Paris. C'est en effet au cabinet de Me Vergès que devait s'effectuer le prélèvement de mon ADN. Je me souviens que les policiers qui en étaient chargés ont beaucoup ri lorsque j'ai sorti ma carte d'identité. « On vous reconnaît bien ! » m'ont-ils dit.

Les jours qui ont suivi, j'appelais chaque jour Me Keita, pour lui demander s'il avait reçu les résultats de l'expertise. Ils ne sont arrivés que quinze jours plus tard. C'est cette fois Me Keita qui m'a appelé pour me les communiquer :

« Ça n'est pas ton ADN, m'a-t-il dit.

– Je sais bien que ce n'est pas mon ADN, lui ai-je répondu. Je n'ai pas besoin d'expertises pour le savoir ! Ce que je voudrais qu'on me dise, en revanche, c'est à qui il appartient. »

Car puisqu'il est prouvé maintenant que cet ADN n'est pas le mien, reste à trouver à qui il appartient, pour découvrir qui est l'assassin. Je pensais que les choses seraient désormais simples, mais la question n'est malheureusement pas résolue à ce jour. J'étais une fois de plus terriblement déçu. Et j'avais beau connaître, pour l'avoir souvent pratiquée, la mauvaise foi de l'avocat de la partie civile, j'étais très choqué par ses déclarations à la presse. Pour lui, cet ADN pouvait être celui d'un ouvrier ou de l'un des enquêteurs qui avaient manipulé la porte. « C'est un faux événement ! disait-il, destiné à trouver des criminels de substitution. » Jamais, comme je l'ai déjà dit, je n'ai voulu accuser qui que ce soit sans preuves. Mais si les preuves existent, pourquoi vouloir les refuser ? Quant à ces ouvriers qui auraient travaillé dans la cave, la famille de Mme Marchal sait comme moi qu'il n'y en avait pas, et que nous étions, la femme de ménage et moi, ses seuls employés. Et si vraiment l'ADN appartient à un enquêteur, un avocat, ou même un journaliste, rien ne doit être plus simple à vérifier pour la justice. « Cet ADN n'a tout de même pas été trouvé à la Coupole ! » s'est écrié par la suite Me Vergès devant la Cour de révision.

Le 14 mai 2001, la commission de révision a examiné mon dossier de requête en révision. Ce jour-là encore, les journalistes attendaient nombreux devant la salle d'audience de la Cour de cassation. Et j'avais maintenant fini par m'habituer à leur présence qui ne m'intimidait plus. Mme Martine Anzani, la présidente de la Cour de cassation, avait décidé de les laisser assister à l'examen de mon dossier, bien qu'il ne soit, en principe, pas public. « L'affaire l'est devenue », a-t-elle simplement précisé. Le public et les journalistes se sont donc serrés dans cette petite salle qui n'est pas destinée à recevoir tant de monde.

J'ai pris place à côté de mon avocat, Me Vergès. La présidente lui a d'abord donné la parole. Contrairement à ce que croyaient les avocats de la partie civile qui ne s'attendaient sans doute pas à ça, il a choisi de n'évoquer que les trois éléments essentiels de mon dossier qui reposaient sur des expertises, les éléments les plus incontestables. Me Vergès a donc mis en avant les expertises graphologiques pour ce qui concernait l'écriture ; médico-légales, pour la date de décès de Mme Marchal, et génétiques, pour l'analyse de l'ADN trouvé sur les portes de la cave.

Deux de ces éléments – le doute sur l'identité de l'auteur des inscriptions et les traces d'ADN – ont convaincu la cour et l'avocat général, Philippe Kherig, puisque celui-ci a déclaré qu'ils représentaient des éléments nouveaux d'une gravité certaine. Les magistrats de la commission de révision avaient, de surcroît, demandé à des graphologues de faire passer un test à plusieurs personnes pour comparer leur écriture, d'abord à la verticale avec un doigt, puis devant une table avec un stylo. Les experts en avaient conclu que vouloir comparer ces deux écritures était « une mission impossible ». En précisant toutefois que le fait de ne pas pouvoir attribuer les deux phrases à Mme Marchal n'excluait pas qu'elle les ait écrites. Le deuxième fait nouveau relevé par l'avocat général concernait le résultat du test ADN que j'avais subi ; s'il ne suffisait pas, disait-il, « à mettre hors de cause le condamné », il jetait cependant « un gros doute ».

Du côté de la partie civile, Me Arnaud Lyon-Caen, avocat de Christian Veilleux, était très embarrassé et inquiet pour son client. Comme il ne pouvait pas critiquer les expertises, il s'est plaint à la cour que son client avait déjà eu à se défendre contre l'accusation « odieuse de parricide ». « Vous prenez la responsabilité d'ouvrir toutes grandes les vannes d'un nouveau torrent de boue », avait-il ajouté. J'ai été très surpris par cette réaction de l'avocat de Christian Veilleux qui demandait en fait à la cour de ne pas casser le procès pour protéger son client. Or personne ne l'avait accusé ! Les avocats de la famille, Mes Henri Leclerc et Georges Kiejman, ont préféré, eux, garder le silence. Ils semblaient très mal à l'aise.

Quant à l'avocat général, il semblait agacé par ce que venait de dire Me Lyon-Caen. Et il a simplement ajouté sèchement que les éléments nouveaux apportés au dossier étaient suffisamment convaincants pour que le procès soit révisé. Il a aussi fait remarquer aux avocats de la partie civile qu'ils n'avaient pas déposé leur dossier à temps. Ceux-ci ont alors protesté qu'ils l'avaient remis à la greffière. « Dans ces cas-là, c'est toujours de la faute de la greffière ! » a alors lancé Me Vergès que l'embarras de ses confrères amusait beaucoup. Mme la présidente s'est ensuite tournée vers moi pour me demander si j'avais quelque chose à ajouter. J'ai répondu que non et je l'ai remerciée. C'était la première fois en dix ans qu'un magistrat me traitait avec égards et prenait une décision qui me semblait juste.

Le lundi 25 juin 2001, les magistrats de la commission de révision ont reconnu de leur côté deux

« faits nouveaux » de nature à faire naître un doute sur ma culpabilité : le fait que les experts en écriture ne puissent affirmer que l'inscription « OMAR M'A TUER » soit de la main de la victime ; la présence de deux ADN masculins ne m'appartenant pas retrouvés, sur la porte de la cave et de la chaufferie, mêlés au sang de Mme Marchal. Ils n'ont en revanche pas retenu l'incertitude concernant la date de mort de Mme Marchal, estimant que cela avait déjà été évoqué par la cour d'assises et ne pouvait donc pas constituer un élément nouveau.

Ma visite chez Sa Majesté Mohamed VI, roi du Maroc

Un jour de mai 2001, Hassan Bouad, mon patron, m'a appelé pour me prévenir que des journalistes de la télévision marocaine l'avaient contacté. « Ils veulent faire un reportage sur toi. Prépare-toi à partir pour Casablanca. Nous sommes invités le week-end prochain.»

Lorsque Hassan m'a annoncé que nous partions finalement deux jours plus tôt, je ne lui ai pas posé de questions, pensant simplement que le reportage avait été avancé. Et je n'en ai pas posé davantage, quand, à l'aéroport de Casablanca, Hassan m'a dit que nous prenions un autre avion pour Agadir. J'ai simplement pensé qu'il avait décidé de rendre visite à sa famille. Je ne suis pas d'une nature très curieuse. Mais lorsque, à l'aéroport d'Agadir, des policiers sont venus me chercher dans la file d'attente pour me faire passer devant tout le monde (ce qui d'ailleurs me gênait énormément), j'ai commencé à me poser des questions. J'avais aussi remarqué la présence de nombreux journalistes, ce qui m'avait semblé étrange alors que je n'étais censé faire qu'un seul reportage. Et il y avait cet homme que je ne connaissais pas mais qui s'était précipité pour me prendre mon sac. Hassan, lui, était devenu invisible, comme par hasard. On a fini par m'expliquer que le monsieur qui m'avait presque arraché mon sac serait mon chauffeur pour toute la durée de mon séjour. Ce qui, loin d'élucider l'énigme, la renforçait davantage. Comme tout le monde en tout cas semblait trouver normal que j'aie un chauffeur, j'ai fini par le suivre, pensant qu'il me conduirait dans un endroit où on me donnerait enfin des explications. Il m'a fait monter dans une magnifique voiture et m'a déposé devant un très bel hôtel après m'avoir fait traverser la ville.

« Est-ce que tu sais pourquoi nous sommes ici ? m'a alors enfin demandé Hassan avec un grand sourire.

– Je croyais être venu faire un reportage, ai-je répondu un peu sèchement parce que tous ces mystères commençaient à m'agacer.

– C'est vrai, mais nous sommes aussi attendus par Sa Majesté Mohamed VI demain matin. »

Hassan était ravi de son effet. Il avait tenu à me faire la surprise, et c'était gagné ! Pour une surprise, c'en était une ! Mais j'avais beau être ravi de rencontrer Sa Majesté le roi Mohamed VI, j'en voulais un peu à mon patron de m'avoir caché un événement d'une telle importance. J'aurais aimé avoir le temps de m'y préparer, de réfléchir à ce que je dirais à Sa Majesté. J'attachais en effet la plus haute importance à cette rencontre qui me permettrait enfin de remercier le fils de Sa Majesté Hassan II. Toute la nuit, j'ai pensé à ce que je lui dirais et je n'ai pratiquement pas dormi. J'étais tellement impatient de rencontrer le roi que, le lendemain matin, j'étais prêt deux heures avant l'heure fixée pour partir à ce rendez-vous. Celui qu'il fallait donc appeler « mon chauffeur » avait un peu d'avance, lui aussi, mais beaucoup plus raisonnable que la mienne. Pendant le trajet de l'hôtel au palais, j'étais comme sur un nuage. On nous a fait patienter dans une pièce dont le décor était magnifique, mais plus simple pourtant que ce à quoi je m'attendais. Nous avions rendez-vous à midi. À 12 h 3 exactement (j'ai noté l'heure précise de cet événement, l'un des plus beaux de ma vie), un homme nous a introduits dans une grande salle, où j'ai croisé une star égyptienne qui sortait d'un entretien avec le roi. Sa Majesté Mohamed VI s'est approchée de moi et m'a tendu la main avec un large sourire. Il portait une tenue très décontractée, bien différente de celles que je lui avais vu porter à la télévision. La façon dont il m'a parlé était à l'image de sa tenue, très simple. Il était aussi très chaleureux, et j'ai eu le sentiment qu'il était naturellement proche des gens. Il m'a rappelé la visite de son père, Sa Majesté le roi Hassan II, à Me Vergès et à ma femme en 1994. Puis il m'a demandé de quelle région du Maroc je venais, si j'avais des enfants, ce qu'ils voulaient faire plus tard. Il était si simple et naturel que j'en ai presque oublié qu'il était le roi du Maroc. Après une vingtaine de minutes passées à parler de ma famille et de ma région, il m'a rappelé que tous les Marocains étaient avec moi et qu'ils soutenaient mon combat pour la vérité. J'ai eu le sentiment que mon histoire l'avait beaucoup touché, comme elle avait touché son père. Peut-être en avaient-ils parlé ensemble ? Après une demi-heure d'entretien, Sa Majesté m'a raccompagné à la porte. Jamais de ma vie je n'avais été aussi fier ! Moi, Omar Raddad, je venais de parler avec Sa Majesté le roi du Maroc.

La mosquée de Casablanca

J'avais souvent rêvé, lorsque j'étais en prison, devant les images magnifiques de la mosquée Hassan II. Je la trouvais si belle que je m'étais promis d'aller la visiter dès que je serais libre. Je me suis donc réveillé plein d'entrain, ce matin du 20 mai 2001 où je continuais à me remémorer comme un rêve ma journée de la veille chez le roi, tout en pensant à celle qui m'attendait. En m'approchant de cet immense bâtiment qui s'avance sur l'océan, je me souvenais de ce verset du Coran : « Le Trône de Dieu était sur l'eau. » C'est, m'avait-on expliqué, pour illustrer ce verset que Sa Majesté avait souhaité que la mosquée soit bâtie en partie au-dessus de la mer. J'étais à la fois ému et impressionné en traversant l'immense esplanade qui conduit jusqu'à la mosquée, et en franchissant son immense porte je retenais mon souffle, de peur que ce qui ressemblait tant à un rêve ne disparaisse soudain. J'ai contemplé longuement la finesse des fresques et des arabesques. Je regardais aussi les mosaïques minuscules en me demandant comment des hommes avaient bien pu réussir à les assembler. Je pensais alors aux milliers d'artisans venus de tout le Maroc pour participer à la construction de cette mosquée et je me disais que seule la pensée de Dieu avait pu leur donner tant de patience et d'adresse. En levant les yeux vers le plafond, j'ai découvert des lustres immenses, magnifiques. Leur éclairage était si doux qu'il semblait naturel. Je suis ensuite entré dans la salle des prières. On m'avait expliqué qu'elle pouvait recevoir jusqu'à vingt-cinq mille fidèles. Et j'étais ému en imaginant cette foule en train de prier. Je me sentais à la fois tout petit et plein de force. Et j'ai remercié Dieu d'avoir permis que je sois là, vivant et libre. Puis j'ai prié pour qu'il m'aide à trouver la force de ne jamais renoncer à mon combat pour la vérité.

17 octobre 2002 : examen de ma requête par la Cour de révision

Alors que je m'apprêtais à prendre l'avion en compagnie de Me Keita, ce mercredi 16 octobre, j'étais plutôt serein. Car si je m'attendais à ce que la partie civile use une fois de plus de tout son pouvoir pour m'accabler, je me rappelais l'attitude de la présidente et de l'avocat général de la Cour de révision qui, le 14 mai 2001, ne s'étaient pas laissé influencer par ses mensonges.

Une mauvaise surprise m'attendait pourtant. Tandis que Me Keita lisait les journaux dans l'avion, il a découvert dans *Le Figaro* que l'avocat général, Laurent Davenas, s'était déclaré contre un deuxième procès. J'étais très choqué que cet homme se soit donné le droit de s'exprimer avant même le début des débats, qui ne devaient commencer que le lendemain matin à 9 heures.

J'ai d'abord été très abattu, puis je me suis dit qu'il fallait me reprendre. Et lorsque je suis arrivé au palais de justice, ce matin du 17 octobre, j'étais bien décidé à me battre pour la vérité. Alors que nous passions, Me Keita et moi, le portillon de sécurité du palais de justice, une dame m'a abordé pour me dire qu'elle faisait partie du jury et qu'elle était de mon côté. Cela m'a donné du courage. J'en avais besoin car ce que j'allais entendre était dur. À commencer par les propos de l'avocat général. Il avait déjà informé tout le monde de ses intentions par voie de presse et je n'étais pas surpris qu'il rejette tous les éléments nouveaux retenus par la commission de révision. Mais ce qui m'a surpris, c'est la véhémence avec laquelle il l'a fait et sans aucun ménagement pour la défense. J'ai trouvé par ailleurs très choquant le fait qu'il ait manifesté par des mouvements de tête approbateurs son accord avec la partie civile pendant toute la durée de son intervention. Avait-il besoin de confirmer ce que tout le monde ici savait déjà, à savoir qu'il était en parfait accord avec la partie civile ? L'avocat de la partie civile a dit tellement de contre-vérités que je devais me mordre la langue pour ne pas l'interrompre. J'ai été aussi très choqué qu'il ose parler de sa « certitude absolue », qui n'avait pas sa place dans un débat où l'on devait examiner les éléments nouveaux de ma requête. Mon avocat a, de son côté, repris un à un tous les oublis, les erreurs de l'enquête, puis il a rappelé les éléments nouveaux. Après quoi, il a proposé à la cour d'ordonner que l'on procède à une comparaison des traces d'ADN avec celui des quelque quinze personnes susceptibles de les avoir laissées lors de l'enquête (gendarmes, avocats, journalistes). Lui-même était prêt, a-t-il précisé, à accepter de se soumettre à ce test. Je n'ai pas compris l'acharnement de l'avocat de la partie civile à s'opposer à ce test. « Est-ce qu'on a besoin d'expertises pour avoir la conviction profonde que seule Mme Marchal a pu dénoncer son assassin ? » s'est-il écrié en brandissant les photos des inscriptions sanglantes qui avaient tant impressionné le jury lors de mon procès aux assises. La partie civile avait-elle si peur de ces tests pour ressortir ces photos ?

J'étais si choqué par tout ce que je venais de voir et d'entendre que, lorsque le président de la cour m'a demandé si j'avais quelque chose à ajouter, j'ai pris la parole. Il y a eu alors un grand silence dans la salle. J'ai d'abord parlé timidement et à côté du micro, puis de plus en plus fort.

« Je ne sais ni lire, ni écrire, ai-je commencé, et je ne suis pas un ancien ministre de la Justice. Je suis le petit jardinier marocain, et je n'ai rien préparé. Mais j'ai entendu trop de choses qui m'ont choqué et qui m'ont fait mal. Et je ne pardonnerai jamais aux personnes qui cachent la vérité. Mme Marchal est comme ma mère. Je ne l'ai pas oubliée. Je suis prêt à mourir pour la vérité. » J'ai aussi parlé de ma souffrance en prison, de mes deux mois et demi de grève de la faim, du jour où j'ai avalé une lame de rasoir. « Est-ce qu'on fait ça pour le plaisir ? ai-je demandé à la cour. On fait ça pour la vérité ! »

Puis j'ai juré sur l'honneur que je n'avais rien à voir avec cette affaire. Après quoi, j'ai demandé à l'avocat de la partie civile de me prêter les photos qu'il avait apportées.

« Moi aussi, j'ai beaucoup à dire sur cette phrase, ai-je poursuivi en montrant les photos aux trente magistrats. Est-ce qu'on peut écrire de cette façon dans le noir total ? » ai-je demandé en présentant la première photo. Puis j'ai pris la deuxième, celle où l'on voit « OMAR M'AT » avec des traces de doigt ensanglantées. Et, à la partie civile qui l'avait brandie en affirmant que si c'était une autre personne que Mme Marchal qui avait écrit ça, elle était très forte, j'ai répondu : « Elle est très forte, en effet. Car cette personne a tué Mme Marchal et m'a tué, moi aussi. » Je tapais du poing sur la table en évoquant les mensonges de la partie civile. « Ce n'est pas vrai que je travaillais pour la première fois un dimanche, le dimanche 23 juin. Et si j'avais vraiment voulu voler de l'argent à Mme Marchal, pourquoi ne pas être allé directement dans sa chambre pour prendre celui qui se trouvait dans son sac ? Je n'avais pas besoin de la tuer et de risquer trente ans de prison ! »

Comme je savais que je n'avais pas le droit de dire tout ce que j'avais sur le cœur, j'ai dû ensuite me contenter de rappeler les éléments capitaux de l'affaire. Les empreintes ADN, la date de mort de Mme Marchal, les expertises en écriture de la Cour de révision.

« Tout ça est sans importance pour l'avocat général ! ai-je dit en m'adressant aux magistrats. Mais alors, qu'est-ce qui est important ? Je sais que je pourrais être condamné à perpétuité, mais c'est moi qui prends le risque. Mesdames et messieurs les magistrats, je vous demande mille fois un deuxième procès », ai-je conclu.

Et si la partie civile était si convaincue de ma culpabilité, n'aurait-elle pas dû se battre autant que moi pour obtenir ce deuxième procès et me faire condamner à perpétuité, plutôt que de mettre tout en œuvre pour qu'il n'ait pas lieu ?

Le 20 novembre 2002, la Cour de cassation a rejeté ma requête en révision

Ce que j'avais vu et entendu le 17 octobre me laissait assez peu d'espoir sur la décision de la Cour de cassation. Mais j'espérais pourtant que, sur les trente magistrats, plusieurs se prononceraient en faveur de la recherche de la vérité. Si certains l'ont fait, ils n'ont pas été suffisamment nombreux. Les autres ont-ils eu peur de déranger la vie de gens très bien placés ? Ont-ils craint pour leur carrière ?

La justice a en tout cas fait marche arrière, balayant d'un revers de main des éléments nouveaux pourtant retenus par la commission de révision le 25 juin 2001. Analyses génétiques comprises. « Il est impossible, a jugé la cour, de déterminer à quel moment, antérieur, concomitant ou postérieur au meurtre, ces traces ont été laissées. » Mais la Cour de révision a, me semble-t-il, sauté une étape essentielle. Ne devait-elle pas en effet rechercher à qui appartenaient ces traces d'ADN, après quoi seulement elle aurait pu déterminer avec son propriétaire quand il avait pu les laisser dans la cave ? Si un jour un magistrat consentait enfin à le faire, il trouverait qui a écrit la phrase « OMAR M'A TUER », et, par conséquent qui est l'assassin. Certains médias ont annoncé, au lendemain de la décision de la Cour de révision, que l'affaire était close. Ce qui est faux. D'abord parce que des éléments nouveaux peuvent toujours obliger la justice à rouvrir le dossier. Et parce que même si la justice ne devait jamais me donner raison, je poursuivrai mon combat pour ma réhabilitation jusqu'à ma mort.

Le jour où j'ai menti

Je m'excuse auprès de la dame à qui j'ai fait ce mensonge. C'était dans le train qui me ramenait à Toulon, après mon travail. Ce soir-là, j'étais épuisé. Et j'avais juste envie de fermer les yeux et de rêver.

Mais une dame s'est assise en face de moi et m'a abordé.

« Mais vous êtes Omar Raddad ! »

Elle avait l'air vraiment gentille, cette dame, mais c'était, ce jour-là, la vingtième fois qu'on me faisait cette remarque. J'étais fatigué. Il allait encore me falloir répondre aux innombrables questions. Toujours les mêmes ! Je n'en avais vraiment pas envie.

« Non, vous vous trompez », ai-je répondu sans réfléchir.

Avant de regretter aussitôt mon mensonge. Mais c'était trop tard, la dame m'avait cru.

« Ça alors, c'est incroyable ! Vous êtes exactement comme Omar Raddad !

– Je m'appelle Mohamed », lui ai-je répondu. Puis après quelques instants d'hésitation : « Mais qui est cet Omar Raddad dont vous parlez ? »

La curiosité était soudain devenue plus forte que la fatigue. J'avais envie de savoir ce que les gens avaient compris de mon affaire. La dame n'en croyait pas ses oreilles.

« Vous n'avez jamais entendu parler de l'affaire Omar Raddad ? De la phrase écrite en lettres de sang, avec une faute d'orthographe : “OMAR M'A TUER” ? Mais d'où sortez-vous ? »

Cette fois, je m'étais vraiment pris au jeu.

« Je viens d'arriver en France. J'arrive du bled hier.

– Je vais vous raconter, alors. Vous allez voir, c'est absolument incroyable ! »

Et voilà que pendant près d'une heure j'ai écouté cette dame me raconter ma propre histoire. Elle la connaissait vraiment bien.

« Il était jardinier chez une riche veuve… Il a été condamné parce que quelqu'un, probablement l'assassin, l'a désigné à sa place. C'était écrit avec le sang de la victime : "OMAR M'A TUER". Alors les gendarmes n'ont même pas fait d'enquête pour chercher ailleurs. Ils n'ont pas relevé les empreintes du meurtrier… Ils ont brûlé le cadavre de la victime… Bien sûr, vous ne me croyez pas ! Vous ne pouvez pas comprendre, si vous arrivez de loin. C'est incroyable ! Scandaleux ! Inimaginable ! »

Plus cette dame me donnait de détails sur mon affaire, qu'elle connaissait presque mieux que moi, plus j'avais honte de lui avoir menti. J'essayais de lui répondre ce que j'aurais sans doute répondu lorsque j'arrivais du Rif et que je croyais encore aveuglément en la justice française.

« Mais, madame, s'il est condamné à dix-huit ans, c'est donc qu'il est coupable ! Ce que vous racontez est impossible. Les journalistes ont dû se tromper !

– Pas du tout ! s'énervait-elle. Ils ont fait leur boulot ! Heureusement ! »

Je la laissais maintenant parler sans l'interrompre, sauf lorsqu'elle a voulu m'expliquer la raison de ma libération.

« Le roi du Maroc avait menacé l'État français de le priver de pétrole s'il ne le libérait pas ! »

J'ai eu alors bien du mal à garder mon sérieux.

« Mais, madame, il n'y a pas de pétrole au Maroc ! » lui ai-je fait remarquer. Et comme j'avais maintenant perdu toute contenance, il m'a bien fallu lui avouer mon mensonge. « Excusez-moi, madame, je suis bien Omar Raddad. Je ne voulais pas me moquer de vous, mais si vous saviez combien de fois par jour on me demande si je suis bien Omar, celui de la phrase : "OMAR M'A TUER" ! »

La dame ne savait plus très bien ce qu'elle devait croire maintenant, et j'ai dû lui montrer ma carte d'identité. Elle fut d'abord un peu vexée, mais comme elle a compris que je n'avais pas voulu me moquer d'elle, elle a fini par éclater de rire. Puis elle m'a embrassé.

C'est aussi pour que tous ces gens qui s'intéressent à moi connaissent l'exacte vérité sur mon affaire que j'ai fait ce livre.

Pas plus que je n'avais imaginé me retrouver un jour en prison, je pensais devoir publier un livre. Plusieurs livres ont été écrits sur mon affaire. Je ne les connais pas tous, mais ce qui est certain, c'est que personne ne pouvait parler à ma place, ni même imaginer ce que j'ai ressenti depuis ce jour où on est venu m'arrêter à Toulon.

Tout ce que je dis dans ce livre est vrai, du jour de ma naissance jusqu'à aujourd'hui. Pour ce qui est de l'avenir, Dieu seul le connaît. Mais je ne veux pas croire que la justice continue de refuser de revenir sur sa décision.

Chronologie

23 juin 1991

(date retenue par les gendarmes mais contestée) Ghislaine de Renty, veuve Marchal, est assassinée de plusieurs coups de chevron et de quinze coups de couteau, dans la cave de sa villa de Mougins, La Chamade. Sur la porte de la chaufferie, une inscription en lettres de sang : « OMAR M'A TUER ».

27 juin 1991

Omar Raddad, jardinier de Mme Marchal, est inculpé d'homicide volontaire et écroué à Grasse. Il nie les faits.

2 février 1994

Omar Raddad est condamné à dix-huit ans de réclusion criminelle par la cour d'assises des Alpes-Maritimes, à Nice.

9 mars 1995

La Cour de cassation rejette son pourvoi.

10 mai 1996

Le président Jacques Chirac accorde à Omar Raddad une grâce partielle qui réduit sa peine de quatre ans et huit mois, ce qui lui permet de bénéficier d'une libération conditionnelle.

2 septembre 1998

La chancellerie donne son feu vert pour la libération d'Omar Raddad.

4 septembre 1998

Omar Raddad sort de prison.

27 janvier 1999

Me Jacques Vergès dépose une requête en révision auprès de la Cour de cassation.

2 février 2000

La commission de révision des condamnations pénales ordonne une nouvelle expertise graphologique.

17 février 2000

Me Vergès demande des investigations sur les inscriptions en lettres de sang et la trace de main laissées sur la porte de la chaufferie.

31 octobre 2000

Le rapport graphologique ordonné par la commission de révision ôte toute certitude sur l'identité de l'auteur de l'inscription.

27 décembre 2000

Des traces d'ADN masculin sont retrouvées mêlées aux inscriptions sur la porte de la chaufferie. La commission de révision demande une comparaison de ces ADN avec celui d'Omar.

1er mars 2001

La commission de révision révèle que l'ADN relevé sur la porte ne correspond pas à celui d'Omar Raddad, mais que deux ADN masculins ont été trouvés.

14 mai 2001

L'avocat général près la Cour de cassation demande à la commission de révision la transmission du dossier devant la Cour de révision.

25 juin 2001

La commission de révision décide de transmettre le dossier à la Cour de révision, estimant que les récentes expertises font naître un doute sur la culpabilité d'Omar Raddad.

17 octobre 2002

La Cour de révision examine la requête.

20 novembre 2002

La requête est rejetée.

Cela fait maintenant vingt ans qu'Omar Raddad a engagé son combat. Que soient remerciées ici les personnes dont le soutien a été si précieux, et particulièrement :

le prince Moulay Hicham, Jacques Chirac,

Sylvie Lotiron, Jean-Marie Rouart, Jean-Marc Moreau,

Mme Pascal, M. Cherif,

Sa Majesté Mohammed VI, Sa Majesté Hassan II,

Rachid Bouchareb et toute son équipe,

les éditions du Seuil.

Enfin, un grand remerciement à l'opinion publique.

COMPOSITION : NORD COMPO MULTIMÉDIA
7 RUE DE FIVES - 59650 VILLENEUVE-D'ASCQ

CPI BUSSIÈRE

Cet ouvrage a été imprimé en France par
CPI Bussière
à Saint-Amand-Montrond (Cher)
en mai 2011.
N° d'édition : 105146. - N° d'impression : 110287.
Dépôt légal : juin 2011.

Éditions Points

Le catalogue complet de nos collections est sur Le Cercle Points, ainsi que des interviews de vos auteurs préférés, des jeux-concours, des conseils de lecture, des extraits en avant-première…

www.lecerclepoints.com

DERNIERS TITRES PARUS

P2230. J'ai vécu 1 000 ans, *Mariolina Venezia*
P2231. La Conquistadora, *Eduardo Manet*
P2232. La Sagesse des fous, *Einar Karason*
P2233. Un chasseur de lions, *Olivier Rolin*
P2234. Poésie des troubadours. Anthologie, *Henri Gougaud (dir.)*
P2235. Chacun vient avec son silence. Anthologie
Jean Cayrol
P2236. Badenheim 1939, *Aharon Appelfeld*
P2237. Le Goût sucré des pommes sauvages, *Wallace Stegner*
P2238. Un mot pour un autre, *Rémi Bertrand*
P2239. Le Bêtisier de la langue française, *Claude Gagnière*
P2240. Esclavage et Colonies, *G. J. Danton et L. P. Dufay, L. Sédar Senghor, C. Taubira*
P2241. Race et Nation, *M. L. King, E. Renan*
P2242. Face à la crise, *B. Obama, F. D. Roosevelt*
P2243. Face à la guerre, *W. Churchill, général de Gaulle*
P2244. La Non-Violence, *Mahatma Gandhi, Dalaï Lama*
P2245. La Peine de mort, *R. Badinter, M. Barrès*
P2246. Avortement et Contraception, *S. Veil, L. Neuwirth*
P2247. Les Casseurs et l'Insécurité
F. Mitterrand et M. Rocard, N. Sarkozy
P2248. La Mère de ma mère, *Vanessa Schneider*
P2249. De la vie dans son art, de l'art dans sa vie
Anny Duperey et Nina Vidrovitch
P2250. Desproges en petits morceaux. Les meilleures citations
Pierre Desproges
P2251. Dexter I, II, III, *Jeff Lindsay*
P2252. God's pocket, *Pete Dexter*
P2253. En effeuillant Baudelaire, *Ken Bruen*
P2254. Meurtres en bleu marine, *C.J. Box*
P2255. Le Dresseur d'insectes, *Arni Thorarinsson*
P2256. La Saison des massacres, *Giancarlo de Cataldo*

P2257. Évitez le divan
Petit guide à l'usage de ceux qui tiennent à leurs symptômes
Philippe Grimbert
P2258. La Chambre de Mariana, *Aharon Appelfeld*
P2259. La Montagne en sucre, *Wallace Stegner*
P2260. Un jour de colère, *Arturo Pérez-Reverte*
P2261. Le Roi transparent, *Rosa Montero*
P2262. Le Syndrome d'Ulysse, *Santiago Gamboa*
P2263. Catholique anonyme, *Thierry Bizot*
P2264. Le Jour et l'Heure, *Guy Bedos*
P2265. Le Parlement des fées
I. L'Orée des bois, *John Crowley*
P2266. Le Parlement des fées
II. L'Art de la mémoire, *John Crowley*
P2267. Best-of Sarko, *Plantu*
P2268. 99 Mots et Expressions à foutre à la poubelle
Jean-Loup Chiflet
P2269. Le Baleinié. Dictionnaire des tracas
Christine Murillo, Jean-Claude Leguay,
Grégoire Œstermann
P2270. Couverture dangereuse, *Philippe Le Roy*
P2271. Quatre Jours avant Noël, *Donald Harstad*
P2272. Petite Bombe noire, *Christopher Brookmyre*
P2273. Journal d'une année noire, *J.M. Coetzee*
P2274. Faites vous-même votre malheur, *Paul Watzlawick*
P2275. Paysans, *Raymond Depardon*
P2276. Homicide special, *Miles Corwin*
P2277. Mort d'un Chinois à La Havane, *Leonardo Padura*
P2278. Le Radeau de pierre, *José Saramago*
P2279. Contre-jour, *Thomas Pynchon*
P2280. Trick Baby, *Iceberg Slim*
P2281. Perdre est une question de méthode, *Santiago Gamboa*
P2282. Le Rocher de Montmartre, *Joanne Harris*
P2283. L'Enfant du Jeudi noir, *Alejandro Jodorowsky*
P2284. Lui, *Patrick Besson*
P2285. Tarabas, *Joseph Roth*
P2286. Le Cycliste de San Cristobal, *Antonio Skármeta*
P2287. Récit des temps perdus, *Aris Fakinos*
P2288. L'Art délicat du deuil
Les nouvelles enquêtes du juge Ti (vol. 7)
Frédéric Lenormand
P2289. Ceux qu'on aime, *Steve Mosby*
P2290. Lemmer, l'invisible, *Deon Meyer*
P2291. Requiem pour une cité de verre, *Donna Leon*
P2292. La Fille du Samouraï, *Dominique Sylvain*
P2293. Le Bal des débris, *Thierry Jonquet*

P2294. Beltenebros, *Antonio Muñoz Molina*
P2295. Le Bison de la nuit, *Guillermo Arriaga*
P2296. Le Livre noir des serial killers, *Stéphane Bourgoin*
P2297. Une tombe accueillante, *Michael Koryta*
P2298. Roldán, ni mort ni vif, *Manuel Vásquez Montalbán*
P2299. Le Petit Frère, *Manuel Vásquez Montalbán*
P2300. Poussière d'os, *Simon Beckett*
P2301. Le Cerveau de Kennedy, *Henning Mankell*
P2302. Jusque-là… tout allait bien !, *Stéphane Guillon*
P2303. Une parfaite journée parfaite, *Martin Page*
P2304. Corps volatils, *Jakuta Alikavazovic*
P2305. De l'art de prendre la balle au bond
Précis de mécanique gestuelle et spirituelle
Denis Grozdanovitch
P2306. Regarde la vague, *François Emmanuel*
P2307. Des vents contraires, *Olivier Adam*
P2308. Le Septième Voile, *Juan Manuel de Prada*
P2309. Mots d'amour secrets.
100 lettres à décoder pour amants polissons
Jacques Perry-Salkow, Frédéric Schmitter
P2310. Carnets d'un vieil amoureux, *Marcel Mathiot*
P2311. L'Enfer de Matignon, *Raphaëlle Bacqué*
P2312. Un État dans l'État. Le contre-pouvoir maçonnique
Sophie Coignard
P2313. Les Femelles, *Joyce Carol Oates*
P2314. Ce que je suis en réalité demeure inconnu, *Virginia Woolf*
P2315. Luz ou le temps sauvage, *Elsa Osorio*
P2316. Le Voyage des grands hommes, *François Vallejo*
P2317. Black Bazar, *Alain Mabanckou*
P2318. Les Crapauds-brousse, *Tierno Monénembo*
P2319. L'Anté-peuple, *Sony Labou Tansi*
P2320. Anthologie de poésie africaine,
Six poètes d'Afrique francophone, *Alain Mabanckou (dir.)*
P2321. La Malédiction du lamantin, *Moussa Konaté*
P2322. Green Zone, *Rajiv Chandrasekaran*
P2323. L'Histoire d'un mariage, *Andrew Sean Greer*
P2324. Gentlemen, *Klas Östergren*
P2325. La Belle aux oranges, *Jostein Gaarder*
P2326. Bienvenue à Egypt Farm, *Rachel Cusk*
P2327. Plage de Manacorra, 16 h 30, *Philippe Jaenada*
P2328. La Vie d'un homme inconnu, *Andreï Makine*
P2329. L'Invité, *Hwang Sok-yong*
P2330. Petit Abécédaire de culture générale
40 mots-clés passés au microscope, *Albert Jacquard*
P2331. La Grande Histoire des codes secrets, *Laurent Joffrin*
P2332. La Fin de la folie, *Jorge Volpi*

P2333. Le Transfuge, *Robert Littell*
P2334. J'ai entendu pleurer la forêt, *Françoise Perriot*
P2335. Nos grand-mères savaient
Petit dictionnaire des plantes qui guérissent, *Jean Palaiseul*
P2336. Journée d'un opritchnik, *Vladimir Sorokine*
P2337. Cette France qu'on oublie d'aimer, *Andreï Makine*
P2338. La Servante insoumise, *Jane Harris*
P2339. Le Vrai Canard, *Karl Laske, Laurent Valdiguié*
P2340. Vie de poète, *Robert Walser*
P2341. Sister Carrie, *Theodore Dreiser*
P2342. Le Fil du rasoir, *William Somerset Maugham*
P2343. Anthologie. Du rouge aux lèvres. *Haïjins japonaises*
P2344. L'aurore en fuite. Poèmes choisis
Marceline Desbordes-Valmore
P2345. « Je souffre trop, je t'aime trop », Passions d'écrivains
sous la direction de Olivier et Patrick Poivre d'Arvor
P2346. « Faut-il brûler ce livre ? », Écrivains en procès
sous la direction de Olivier et Patrick Poivre d'Arvor
P2347. À ciel ouvert, *Nelly Arcan*
P2348. L'Hirondelle avant l'orage, *Robert Littell*
P2349. Fuck America, *Edgar Hilsenrath*
P2350. Départs anticipés, *Christopher Buckley*
P2351. Zelda, *Jacques Tournier*
P2352. Anesthésie locale, *Günter Grass*
P2353. Les filles sont au café, *Geneviève Brisac*
P2354. Comédies en tout genre, *Jonathan Kellerman*
P2355. L'Athlète, *Knut Faldbakken*
P2356. Le Diable de Blind River, *Steve Hamilton*
P2357. Le doute m'habite.
Textes choisis et présentés par Christian Gonon
Pierre Desproges
P2358. La Lampe d'Aladino et autres histoires pour vaincre l'oubli
Luis Sepúlveda
P2359. Julius Winsome, *Gerard Donovan*
P2360. Speed Queen, *Stewart O'Nan*
P2361. Dope, *Sara Gran*
P2362. De ma prison, *Taslima Nasreen*
P2363. Les Ghettos du Gotha. Au cœur de la grande bourgeoisie
Michel Pinçon et Monique Pinçon-Charlot
P2364. Je dépasse mes peurs et mes angoisses
Christophe André et Muzo
P2365. Afrique(s), *Raymond Depardon*
P2366. La Couleur du bonheur, *Wei-Wei*
P2367. La Solitude des nombres premiers, *Paolo Giordano*
P2368. Des histoires pour rien, *Lorrie Moore*
P2369. Déroutes, *Lorrie Moore*

P2370. Le Sang des Dalton, *Ron Hansen*
P2371. La Décimation, *Rick Bass*
P2372. La Rivière des Indiens, *Jeffrey Lent*
P2373. L'Agent indien, *Dan O'Brien*
P2374. Pensez, lisez. 40 livres pour rester intelligent
P2375. Des héros ordinaires, *Eva Joly*
P2376. Le Grand Voyage de la vie.
Un père raconte à son fils
Tiziano Terzani
P2377. Naufrages, *Francisco Coloane*
P2378. Le Remède et le Poison, *Dirk Wittenbork*
P2379. Made in China, *J. M. Erre*
P2380. Joséphine, *Jean Rolin*
P2381. Un mort à l'Hôtel Koryo, *James Church*
P2382. Ciels de foudre, *C.J. Box*
P2383. Robin des bois, prince des voleurs, *Alexandre Dumas*
P2384. Comment parler le belge, *Philippe Genion*
P2385. Le Sottisier de l'école, *Philippe Mignaval*
P2386. « À toi, ma mère », Correspondances intimes
sous la direction de Olivier et Patrick Poivre d'Arvor
P2387. « Entre la mer et le ciel », Rêves et récits de navigateurs
sous la direction de Olivier et Patrick Poivre d'Arvor
P2388. L'Île du lézard vert, *Eduardo Manet*
P2389. « La paix a ses chances », *suivi de* « Nous proclamons la création d'un État juif », *suivi de* « La Palestine est le pays natal du peuple palestinien »
Itzhak Rabin, David Ben Gourion, Yasser Arafat
P2390. « Une révolution des consciences », *suivi de* « Appeler le peuple à la lutte ouverte »
Aung San Suu Kyi, Léon Trotsky
P2391. « Le temps est venu », *suivi de* « Éveillez-vous à la liberté », *Nelson Mandela, Jawaharlal Nehru*
P2392. « Entre ici, Jean Moulin », *suivi de* « Vous ne serez pas morts en vain », *André Malraux, Thomas Mann*
P2393. Bon pour le moral ! 40 livres pour se faire du bien
P2394. Les 40 livres de chevet des stars, The Guide
P2395. 40 livres pour se faire peur, Guide du polar
P2396. Tout est sous contrôle, *Hugh Laurie*
P2397. Le Verdict du plomb, *Michael Connelly*
P2398. Heureux au jeu, *Lawrence Block*
P2399. Corbeau à Hollywood, *Joseph Wambaugh*
P2400. Pêche à la carpe sous Valium, *Graham Parker*
P2401. Je suis très à cheval sur les principes, *David Sedaris*
P2402. Si loin de vous, *Nina Revoyr*
P2403. Les Eaux mortes du Mékong, *Kim Lefèvre*

P2404. Cher amour, *Bernard Giraudeau*
P2405. Les Aventures miraculeuses de Pomponius Flatus
Eduardo Mendoza
P2406. Un mensonge sur mon père, *John Burnside*
P2407. Hiver arctique, *Arnaldur Indridason*
P2408. Sœurs de sang, *Dominique Sylvain*
P2409. La Route de tous les dangers, *Kriss Nelscott*
P2410. Quand je serai roi, *Enrique Serna*
P2411. Le Livre des secrets. La vie cachée d'Esperanza Gorst
Michael Cox
P2412. Sans douceur excessive, *Lee Child*
P2413. Notre guerre. Journal de Résistance 1940-1945
Agnès Humbert
P2414. Le jour où mon père s'est tu, *Virginie Linhart*
P2415. Le Meilleur de « L'Os à moelle », *Pierre Dac*
P2416. Les Pipoles à la porte, *Didier Porte*
P2417. Trois tasses de thé. La mission de paix d'un Américain au Pakistan et en Afghanistan
Greg Mortenson et David Oliver Relin
P2418. Un mec sympa, *Laurent Chalumeau*
P2419. Au diable vauvert, *Maryse Wolinski*
P2420. Le Cinquième Évangile, *Michael Faber*
P2421. Chanson sans paroles, *Ann Packer*
P2422. Grand-mère déballe tout, *Irene Dische*
P2423. La Couturière, *Frances de Pontes Peebles*
P2424. Le Scandale de la saison, *Sophie Gee*
P2425. Ursúa, *William Ospina*
P2426. Blonde de nuit, *Thomas Perry*
P2427. La Petite Brocante des mots. Bizarreries, curiosités et autres enchantements du français, *Thierry Leguay*
P2428. Villages, *John Updike*
P2429. Le Directeur de nuit, *John le Carré*
P2430. Petit Bréviaire du braqueur, *Christopher Brookmyre*
P2431. Un jour en mai, *George Pelecanos*
P2432. Les Boucanières, *Edith Wharton*
P2433. Choisir la psychanalyse, *Jean-Pierre Winter*
P2434. À l'ombre de la mort, *Veit Heinichen*
P2435. Ce que savent les morts, *Laura Lippman*
P2436. István arrive par le train du soir, *Anne-Marie Garat*
P2437. Jardin de poèmes enfantins, *Robert Louis Stevenson*
P2438. Netherland, *Joseph O'Neill*
P2439. Le Remplaçant, *Agnès Desarthe*
P2440. Démon, *Thierry Hesse*
P2441. Du côté de Castle Rock, *Alice Munro*
P2442. Rencontres fortuites, *Mavis Gallant*

P2443. Le Chasseur, *Julia Leigh*
P2444. Demi-Sommeil, *Eric Reinhardt*
P2445. Petit déjeuner avec Mick Jagger, *Nathalie Kuperman*
P2446. Pirouettes dans les ténèbres, *François Vallejo*
P2447. Maurice à la poule, *Matthias Zschokke*
P2448. La Montée des eaux, *Thomas B. Reverdy*
P2449. La Vaine Attente, *Nadeem Aslam*
P2450. American Express, *James Salter*
P2451. Le lendemain, elle était souriante, *Simone Signoret*
P2452. Le Roman de la Bretagne, *Gilles Martin-Chauffier*
P2453. Baptiste, *Vincent Borel*
P2454. Crimes d'amour et de haine
Faye et Jonathan Kellerman
P2455. Publicité meurtrière, *Petros Markaris*
P2456. Le Club du crime parfait, *Andrés Trapiello*
P2457. Mort d'un maître de go.
Les nouvelles enquêtes du Juge Ti (vol. 8)
Frédéric Lenormand
P2458. Le Voyage de l'éléphant, *José Saramago*
P2459. L'Arc-en-ciel de la gravité, *Thomas Pynchon*
P2460. La Dure Loi du Karma, *Mo Yan*
P2461. Comme deux gouttes d'eau, *Tana French*
P2462. Triste Flic, *Hugo Hamilton*
P2463. Last exit to Brest, *Claude Bathany*
P2464. Mais le fleuve tuera l'homme blanc, *Patrick Besson*
P2465. Lettre à un ami perdu, *Patrick Besson*
P2466. Les Insomniaques, *Camille de Villeneuve*
P2467. Les Veilleurs, *Vincent Message*
P2468. Bella Ciao, *Eric Holder*
P2469. Monsieur Joos, *Frédéric Dard*
P2470. La Peuchère, *Frédéric Dard*
P2471. La Saga des francs-maçons
Marie-France Etchegoin, Frédéric Lenoir
P2472. Biographie de Alfred de Musset, *Paul de Musset*
P2473. Si j'étais femme. Poèmes choisis
Alfred de Musset
P2474. Le Roman de l'âme slave, *Vladimir Fédorovski*
P2475. La Guerre et la Paix, *Léon Tolstoï*
P2476. Propos sur l'imparfait, *Jacques Drillon*
P2477. Le Sottisier du collège, *Philippe Mignaval*
P2478. Brèves de philo, *Laurence Devillairs*
P2479. La Convocation, *Herta Müller*
P2480. Contes carnivores, *Bernard Quiriny*
P2481. « Je démissionne de la présidence », *suivi de* « Un grand
État cesse d'exister » *et de* « Un jour je vous le promets »

Richard Nixon, Mikhaïl Gorbatchev, Charles de Gaulle
P2482. « Africains, levons-nous ! », *suivi de* « Nous préférons la liberté » *et de* « Le devoir de civiliser »
Patrice Lumumba, Sékou Touré, Jules Ferry
P2483. « ¡ No pasarán ! », *suivi de* « Le peuple doit se défendre » *et de* « Ce sang qui coule, c'est le vôtre »
Dolores Ibárruri, Salvador Allende, Victor Hugo
P2484. « Citoyennes, armons-nous ! », *suivi de* « Veuillez être leurs égales » *et de* « Il est temps »
Théroigne de Méricourt, George Sand, Élisabeth Guigou
P2485. Pieds nus sur les limaces, *Fabienne Berthaud*
P2486. Le renard était déjà le chasseur, *Herta Müller*
P2487. La Fille du fossoyeur, *Joyce Carol Oates*
P2488. Vallée de la mort, *Joyce Carol Oates*
P2489. Moi tout craché, *Jay McInerney*
P2490. Toute ma vie, *Jay McInerney*
P2491. Virgin Suicides, *Jeffrey Eugenides*
P2492. Fakirs, *Antonin Varenne*
P2493. Madame la présidente, *Anne Holt*
P2494. Zone de tir libre, *C.J. Box*
P2495. Increvable, *Charlie Huston*
P2496. On m'a demandé de vous calmer, *Stéphane Guillon*
P2497. Je guéris mes complexes et mes déprimes
Christophe André & Muzo
P2498. Lionel raconte Jospin, *Lionel Jospin*
P2499. La Méprise – L'affaire d'Outreau, *Florence Aubenas*
P2500. Kyoto Limited Express, *Olivier Adam*
avec des photographies de Arnaud Auzouy
P2501. « À la vie, à la mort », Amitiés célèbres
dirigé par Patrick et Olivier Poivre d'Arvor
P2502. « Mon cher éditeur », Écrivains et éditeurs
dirigé par Patrick et Olivier Poivre d'Arvor
P2503. 99 clichés à foutre à la poubelle, *Jean-Loup Chiflet*
P2504. Des Papous dans la tête – Les Décraqués – L'anthologie
P2505. L'Étoile du matin, *André Schwarz-Bart*
P2506. Au pays des vermeilles, *Noëlle Châtelet*
P2507. Villa des hommes, *Denis Guedj*
P2508. À voix basse, *Charles Aznavour*
P2509. Un aller pour Alger, *Raymond Depardon*
avec un texte de Louis Gardel
P2510. Beyrouth centre-ville, *Raymond Depardon*
avec un texte de Claudine Nougaret
P2511. Et la fureur ne s'est pas encore tue, *Aharon Appelfeld*
P2512. Les Nouvelles Brèves de comptoir, tome 1
Jean-Marie Gourio

P2513. Six heures plus tard, *Donald Harstad*
P2514. Mama Black Widow, *Iceberg Slim*
P2515. Un amour fraternel, *Pete Dexter*
P2516. À couper au couteau, *Kriss Nelscott*
P2517. Glu, *Irvine Welsh*
P2518. No Smoking, *Will Self*
P2519. Les Vies privées de Pippa Lee, *Rebecca Miller*
P2520. Nord et Sud, *Elizabeth Gaskell*
P2521. Une mélancolie arabe, *Abdellah Taïa*
P2522. 200 dessins sur la France et les Français, *The New Yorker*
P2523. Les Visages, *Jesse Kellerman*
P2524. Dexter dans de beaux draps, *Jeff Lindsay*
P2525. Le Cantique des innocents, *Donna Leon*
P2526. Manta Corridor, *Dominique Sylvain*
P2527. Les Sœurs, *Robert Littell*
P2528. Profileuse – Une femme sur la trace des serial killers, *Stéphane Bourgoin*
P2529. Venise sur les traces de Brunetti – 12 promenades au fil des romans de Donna Leon, *Toni Sepeda*
P2530. Les Brumes du passé, *Leonardo Padura*
P2531. Les Mers du Sud, *Manuel Vázquez Montalbán*
P2532. Funestes carambolages, *Håkan Nesser*
P2533. La Faute à pas de chance, *Lee Child*
P2534. Padana City, *Massimo Carlotto, Marco Videtta*
P2535. Mexico, quartier Sud, *Guillermo Arriaga*
P2536. Petits Crimes italiens *Ammaniti, Camilleri, Carlotto, Dazieri, De Cataldo, De Silva, Faletti, Fois, Lucarelli, Manzini*
P2537. La guerre des banlieues n'aura pas lieu, *Abd Al Malik*
P2538. Paris insolite, *Jean-Paul Clébert*
P2539. Les Ames sœurs, *Valérie Zenatti*
P2540. La Disparition de Paris et sa renaissance en Afrique, *Martin Page*
P2541. Crimes horticoles, *Mélanie Vincelette*
P2542. Livre de chroniques IV, *António Lobo Antunes*
P2543. Mon témoignage devant le monde, *Jan Karski*
P2544. Laitier de nuit, *Andreï Kourkov*
P2545. L'Évasion, *Adam Thirlwell*
P2546. Forteresse de solitude, *Jonathan Lethem*
P2547. Totenauberg, *Elfriede Jelinek*
P2548. Méfions-nous de la nature sauvage, *Elfriede Jelinek*
P2549. 1974, *Patrick Besson*
P2550. Conte du chat maître zen *(illustrations de Christian Roux), Henri Brunel*
P2551. Les Plus Belles Chansons, *Charles Trenet*
P2552. Un monde d'amour, *Elizabeth Bowen*

P2553. Sylvia, *Leonard Michaels*
P2554. Conteurs, menteurs, *Leonard Michaels*
P2555. Beaufort, *Ron Leshem*
P2556. Un mort à Starvation Lake, *Bryan Gruley*
P2557. Cotton Point, *Pete Dexter*
P2558. Viens plus près, *Sara Gran*
P2559. Les Chaussures italiennes, *Henning Mankell*
P2560. Le Château des Pyrénées, *Jostein Gaarder*
P2561. Gangsters, *Klas Östergren*
P2562. Les Enfants de la dernière chance, *Peter Høeg*
P2564. Mémoires d'un antisémite, *Gregor von Rezzori*
P2565. L'Astragale, *Albertine Sarrazin*
P2566. L'Art de péter, *Pierre-Thomas-Nicolas Hurtaut*
P2567. Les Miscellanées du rock
Jean-Éric Perrin, Jérôme Rey, Gilles Verlant
P2568. Les Amants papillons, *Alison Wong*
P2569. Dix mille guitares, *Catherine Clément*
P2570. Les Variations Bradshaw, *Rachel Cusk*
P2571. Bakou, derniers jours, *Olivier Rolin*
P2572. Bouche bée, tout ouïe… ou comment tomber amoureux des langues, *Alex Taylor*
P2573. La grammaire, c'est pas de la tarte !
Olivier Houdart, Sylvie Prioul
P2574. La Bande à Gabin, *Philippe Durant*
P2575. « Le vote ou le fusil », *suivi de* « Nous formons un seul et même pays », *Malcolm X, John Fitzgerald Kennedy*
P2576. « Vive la Commune ! », *suivi de* « La Commune est proclamée » et de « La guerre civile en France »
Louise Michel, Jules Vallès, Karl Marx
P2577. « Je vous ai compris ! », *suivi de* « L'Algérie n'est pas la France » et de « Le droit à l'insoumission »
Charles de Gaulle, Gouvernement provisoire algérien, Manifeste des 121
P2578. « Une Europe pour la paix », *suivi de* « Nous disons NON » et de « Une communauté passionnée »
Robert Schuman, Jacques Chirac, Stefan Zweig
P2579. 13 heures, *Deon Meyer*
P2580. Angle obscur, *Reed Farrel Coleman*
P2581. Le Tailleur gris, *Andrea Camilleri*
P2582. La Vie sexuelle d'un Américain sans reproche
Jed Mercurio
P2583. Une histoire familiale de la peur, *Agata Tuszyńska*
P2584. Le Blues des Grands Lacs, *Joseph Coulson*
P2585. Le Tueur intime, *Claire Favan*
P2586. Comme personne, *Hugo Hamilton*
P2587. Fille noire, fille blanche, *Joyce Carol Oates*

P2588. Les Nouvelles Brèves de comptoir, tome 2
Jean-Marie Gourio
P2589. Dix petits démons chinois, *Frédéric Lenormand*
P2590. L'ombre de ce que nous avons été, *Luis Sepúlveda*
P2591. Sévère, *Régis Jauffret*
P2592. La Joyeuse Complainte de l'idiot, *Michel Layaz*
P2593. Origine, *Diana Abu-Jaber*
P2594. La Face B, *Akhenaton*
P2595. Paquebot, *Hervé Hamon*
P2596. L'Agfa Box, *Günter Grass*
P2597. La Ville insoumise, *Jon Fasman*
P2598. Je résiste aux personnalités toxiques
(et autres casse-pieds), *Christophe André & Muzo*
P2599. Le soleil me trace la route. Conversations avec Tiffy
Morgue et Jean-Yves Gaillac, *Sandrine Bonnaire*
P2600. Mort de Bunny Munro, *Nick Cave*
P2601. La Reine et moi, *Sue Townsend*
P2602. Orages ordinaires, *William Boyd*
P2603. Guide farfelu mais nécessaire de conversation anglaise
Jean-Loup Chiflet
P2604. Nuit et Jour, *Virginia Woolf*
P2605. Trois hommes dans un bateau (sans oublier le chien !)
Jerome K. Jerome
P2606. Ode au vent d'Ouest. Adonaïs et autres poèmes
Percy Bysshe Shelley
P2607. Les Courants fourbes du lac Tai, *Qiu Xiaolong*
P2608. Le Poisson mouillé, *Volker Kutscher*
P2609. Faux et usage de faux, *Elvin Post*
P2610. L'Angoisse de la première phrase, *Bernard Quiriny*
P2611. Absolument dé-bor-dée !, *Zoe Shepard*
P2612. Meurtre et Obsession, *Jonathan Kellerman*
P2613. Sahara, *Luis Leante*
P2614. La Passerelle, *Lorrie Moore*
P2615. Le Territoire des barbares, *Rosa Montero*
P2616. Petits Meurtres entre camarades. Enquête secrète au cœur
du PS, *David Revault d'Allonnes*
P2617. Une année avec mon père, *Geneviève Brisac*
P2618. La Traversée des fleuves. Autobiographie
Georges-Arthur Goldschmidt
P2619. L'Histoire très ordinaire de Rachel Dupree
Ann Weisgarber
P2620. À la queue leu leu. Origines d'une ribambelle
d'expressions populaires, *Gilles Guilleron*
P2621. Poèmes anglais, *Fernando Pessoa*
P2622. Danse avec le siècle, *Stéphane Hessel*
P2623. L'Épouvantail, *Michael Connelly*
P2624. London Boulevard, *Ken Bruen*

P2625. Omar m'a tuer (Pourquoi moi ?), *Omar Raddad*
P2626. Mes étoiles noires, *Lilian Thuram*
P2627. La Ronde des innocents, *Valentin Musso*
P2628. Ô ma mémoire. La poésie, ma nécessité, *Stéphane Hessel*
P2629. Une vie à brûler, *James Salter*
P2630. Léger, humain, pardonnable, *Martin Provost*
P2631. Lune captive dans un œil mort, *Pascal Garnier*
P2632. Hypothermie, *Arnaldur Indridason*
P2633. La Nuit de Tomahawk, *Michael Koryta*
P2634. Les Raisons du doute, *Gianrico Carofiglio*
P2635. Les Hommes-couleurs, *Cloé Korman*
P2636. Le Cuisinier, *Martin Suter*
P2637. N'exagérons rien !, *David Sedaris*
P2638. Château-l'Arnaque, *Peter Mayle*
P2639. Le Roman de Bergen. 1900 L'aube, tome I, *Gunnar Staalesen*
P2640. Aurora, Kentucky, *Carolyn D. Wall*
P2641. Blanc sur noir, *Kriss Nelscott*
P2642. Via Vaticana, *Igal Shamir*
P2643. Le Ruban rouge, *Carmen Posadas*
P2644. My First Sony, *Benny Barbash*
P2645. « On m'a demandé de vous virer », *Stéphane Guillon*
P2646. Les Rillettes de Proust ou 50 conseils pour devenir écrivain, *Thierry Maugenest*
P2647. 200 expressions inventées en famille, *Cookie Allez*
P2648. Au plaisir des mots, *Claude Duneton*
P2649. La Lune et moi. Les plus beaux haïkus de la revue Ashibi, *Dominique Chipot et Makomoto Kemmoku*
P2650. Le marchand de sable va passer, *Andrew Pyper*
P2651. Lutte et aime, là où tu es !, *Guy Gilbert*
P2652. Le Sari rose, *Javier Moro*
P2653. Le Roman de Bergen. 1900 L'aube, tome II, *Gunnar Staalesen*
P2654. Jaune de Naples, *Jean-Paul Desprat*
P2655. Mère Russie, *Robert Littell*
P2656. Qui a tué Arlozoroff ?, *Tobie Nathan*
P2657. Les Enfants de Las Vegas, *Charles Bock*
P2658. Le Prédateur, *C.J. Box*
P2659. Keller en cavale, *Lawrence Block*
P2660. Les Murmures des morts, *Simon Beckett*
P2661. Les Veuves d'Eastwick, *John Updike*
P2662. L'Incertain, *Virginie Ollagnier*
P2663. La Banque. Comment Goldman Sachs dirige le monde, *Marc Roche*
P2664. La Plus Belle Histoire de la liberté, *collectif*